„Geh weg!“ sagte der Papagei

NINA SWENSSON

Papier aus verantwortungsvollen Quellen
Paper from responsible sources
FSC® C105338

Herstellung und Verlag:
BoD – Books on Demand, Norderstedt
ISBN 978-3-7322-4992-3

Für meinen Mann, durch den ich erst auf die erstaunliche Vogelwelt aufmerksam wurde!

„Ich glaube, ich könnte einfach umkehren und mit Tieren leben. Sie sind so friedlich und zufrieden. Sie machen mich nicht krank mit endlosen Diskussionen über ihre Pflichten gegenüber Gott.
Nicht eines von ihnen ist unzufrieden, nicht eines von ihnen geschlagen von dem Wahn, etwas besitzen zu müssen. Nicht eines fällt vor dem anderen in die Knie oder vor einem seiner Art."

Walt Whitman

INHALT ZEHN JAHRE

2003

„Geh weg!", rief Kiki eines Morgens, als ich bei ihm sauber machte. Das hatte er noch nie zu mir gesagt!

Kiki war ein sprachbegabter Graupapagei, er wohnte mit seiner Familie in einem ehemaligen Kinderzimmer. Dort gab es einen Wandschrank, auf dessen Hutablage ein Futterbrett befestigt war, das ich regelmäßig säuberte. Kiki fühlte sich dadurch gestört und hatte mich schon einige Male in die Hand gebissen.

Deshalb befahl ich ihm vor jeder Putzaktion: „ Geh weg!"
Das sagte er nun also auch zu mir.

Dieser Papagei lebte schon 25 Jahre bei uns, wurde verwöhnt, hatte Freiflug, durfte alles Mögliche kaputtmachen – und trotzdem war ich nicht vor seinem Schnabel sicher. Sobald ich in seiner Nähe etwas reparierte oder saubermachte, hackte er hinterhältig nach meinen Fingern. Allein auf die hatte er es abgesehen.

Dabei war er sonst freundlich, kam zutraulich angelaufen und begrüßte mich mit: *„Hallo, guten Morgen*!" oder auch *„Süße, na du?"*.

Wir, mein Mann Mirko und ich, waren schon ältere Semester, mittlerweile mehrere Jahrzehnte verheiratet und ein bisschen verrückt. Verrückt nach Tieren – wir hatten nicht nur *einen* Vogel.

In unserem geräumigen Haus konnten wir tun und lassen, was uns passte, - unsere Kinder waren schon lange ausgeflogen.

Das Älterwerden hatte so gesehen gewisse Vorteile! Allerdings vermissten wir die Kinder auch. Die Sorgen um sie wurden im Laufe der Jahre nicht kleiner, ganz im Gegenteil. Judith war Tierärztin und lebte in München. Kolja war ein wunderbarer Schauspieler und führte ein unstetes Leben. Er bekam hin und wieder Engagements bei Film und Theater, manchmal war er arbeitslos.

Damals hatten wir richtig viel zu tun. Wir waren beide berufstätig (Mirko Anwalt, ich im Schuldienst) und kümmerten uns außerdem Tag für Tag um unsere Tiere. Für etwas anderes hatten wir kaum Zeit. Das war aber in Ordnung, fanden wir.

Bei uns lebten viele Tiere, sie gehörten seit Jahren zur Familie. Überall im Haus hatten sie Spuren hinterlassen, - Kaputtgemachtes, Angeknabbertes. Man musste wirklich nicht lange suchen! Mirko und ich waren inzwischen daran gewöhnt, das meiste fiel uns nicht mehr auf.
Etwa die von unseren Hunden abgekauten Holzknöpfe der Kommodenschubladen und die Kratzer an den Türen. Die angenagten Bücher und Regale und auch das Guckloch in der Küchentür waren das Werk von Papageien!
Irgendwann einmal müsste restauriert werden!
Allerdings hatten wir es damit nicht eilig. „Wer weiß, ob wir dazu noch kommen!", meinte Mirko. Wir waren ja nicht mehr die Jüngsten!

Vor ein paar Tagen hatten die Osterferien begonnen und ich genoss es, endlich mal wieder ausschlafen zu können.
So auch am Ostersonntagmorgen! Aus der Küche duftete es nach frischen Brötchen und Kaffee. Leider fand ich auf dem Teppich im Esszimmer eine tote Hummel. Verdurstet, verhungert. So etwas warf Schatten über den Tag.

Und dann auch noch das! Mirko kam von draußen rein und meldete: „Schneewittchen ist tot!“ Das war eine traurige Nachricht. Es handelte sich um einen unserer Hähne.

Er war oft von seinen Brüdern verprügelt worden– vermutlich, weil er so anders aussah, als sie. Er war der einzige weiße Hahn! Er hatte nie irgendeinem was getan.
Le coq est mort, il ne dira plus cocodi-cocoda !
Welch trauriges Ostern.

Sein einziger Freund war früher Remus gewesen. Er hatte ihn tagsüber immer begleitet und gewöhnlich verbrachten sie die Nächte eng beieinander.

Leider starb Remus vor längerer Zeit den Heldentod, nachdem er Schneewittchen vor einem Fuchs beschützt hatte. Es sah so aus, als wäre ihm dabei zum Glück nichts weiter passiert.

Leider aber doch ! Erst als er tot war, entdeckte Mirko mit Schrecken eine klaffende Wunde unter einem seiner Flügel. Armer Kerl, wie tat er ihm leid! Wäre er doch wenigstens sofort tot gewesen!

Am Abend briet sich Mirko ein paar Hühnerschenkel. Er legte schließlich zwei auf seinen Teller und benagte sie genüsslich.

„*Wie kann man nur so was essen?*", fragte ich mich...

„ *Dazu gehört schon Zivilcourage!*", dachte ich laut.

„*Wozu ?*", erkundigte sich Mirko.

„Na ja, sich als Vegetarier zu outen ! Es wirkt ja auf „Normale" immer noch absonderlich. Überhaupt Mitleid mit „Schlachttieren" ist ja tabu. Das ist leider gegen althergebrachte Sitten."

Mirko daraufhin: *„Vor allem, wenn eine Vegetarierin wie du dabei auch noch vorwurfsvoll und rebellisch ist!"*

Ja, vielleicht hätte ich diplomatischer sein sollen, was mir leider schwer fiel, da es um Tiere ging, die man barbarisch tötete, um sie dann aufzuessen.

Ich hatte mich in der Schule erst kürzlich unbeliebt gemacht. Jemand spendierte während einer Konferenz – zur Stärkung - Hähnchenschenkel.

Da entfuhr mir: *„ Schon wieder Leichen, wie kann man nur so etwas runterkriegen!"*

Einige Kollegen waren empört. Dass ich Vegetarierin war, wussten sie zwar, aber diese Bemerkung kränkte sie trotzdem.

Ich hatte ihnen „den Appetit verdorben."

Diesmal ließ ich mich nicht einschüchtern.
Ich klemmte am nächsten Tag an die Pin-Wand im Lehrerzimmer folgenden Zeitungsartikel:

1094 Tiere verspeist jeder Deutsche durchschnittlich in seinem Leben. Laut Vegetarierbund isst ein Bundesbürger

4 Kühe oder Kälber
4 Schafe
12 Gänse
37 Enten
46 Truthähne
46 Schweine
945 Hühner.

Jährlich müssten 157 Millionen Tiere weniger sterben, wenn jeder an nur einem Tag in der Woche kein Fleisch essen würde.

Johanna, eine Kollegin, studierte das mit Interesse und raunte mir zu: *„Du hast ja wirklich Mut! Ich würde mich das nicht trauen …"*

Wenigstens Johanna war auf meiner Seite. Wir hatten viele gemeinsame Interessen und verstanden uns immer gut.

Wir trafen uns auch außerhalb der Schule, setzten uns häufig einmal gemütlich zu einer Tasse zusammen und hatten uns immer viel zu erzählen.

Unser Hund Einstein freute sich jedes Mal, wenn Johanna zu uns kam. Er begrüßte sie stürmisch, nahm dann bei ihr Platz und gab ihr immer wieder seine Pfote.

Wir sprachen viel über Kinder und Kollegen. Jeden Tag passierte ja etwas in unserer Schule ...

Sie lag in einem Problemviertel. Dort gab es viel Aggression und Kleinkriminalität. In den Familien fehlte es häufig an Nestwärme, - ihre Kinder hatten keinen geregelten Alltag; mehrere kamen morgens zum Unterricht, ohne gefrühstückt zu haben.

Die Auswirkungen wurden in der Schule sichtbar: Die Kinder konnten sich nicht konzentrieren, sie waren oft unruhig und leider auch aggressiv.

Kürzlich war Birgit, eine Referendarin, von einem kleinen Schüler gebissen worden. Sie musste daraufhin zum Arzt – jemand empfahl ihr, sich am besten gleich gegen Tollwut impfen zu lassen!

Darüber konnte sie nicht lachen. Sie hatte gerade an einer Lehrerfortbildung zur Gewaltprävention teilgenommen und dort gelernt, dass Aggressionen oft Hilfeschreie sind ...

Es war ja ihre Aufgabe, sie rechtzeitig zu erkennen. Die aggressive Energie der Kinder in sinnvolle Bahnen zu lenken, das war allerdings nicht leicht.

In der Zeit zwischen den Oster - und Sommerferien musste ich mit meinem damaligen 4. Schuljahr die Radfahrprüfung vorbereiten.

Das Training mit 27 Schülern fand in der so genannten „Verkehrswirklichkeit" statt, also mitten im Stadtverkehr. Das war eine heikle Angelegenheit und kostete mich viel Kraft und Nerven. Jede Stunde musste gut vorbereitet werden.

Voraussetzung für die Teilnahme der Schüler war eine Einverständniserklärung der Eltern. Die Kinder, die sie vergessen hatten, mussten vorerst als Fußgänger hinterherlaufen!

Einige hatten ihre eigenen Räder mitgebracht, die meisten waren Schuleigentum. Als sich schließlich alle zum Start versammelten, fehlte Arne. Er war spurlos verschwunden.

Ungeduldige Suche nach ihm – Erleichterung, als er schließlich auftauchte. Er hatte nur eben mal sein Fahrrad von zu Haus geholt.

Unterwegs stellte sich heraus, dass das keine gute Idee gewesen war. Nach wenigen Metern hatte er nämlich einen Platten und musste schieben.

Auch in späteren Stunden sorgte er für Aufregung. Zu meinem Schrecken radelte er fröhlich immer wieder mal auf der linken Seite!

Anfangs fuhr ich langsam voran, um allen den Weg zu zeigen.

Mit den Verkehrsregeln waren sie vertraut, - wir hatten uns zuvor ausgiebig damit beschäftigt. Diese allerdings in der Praxis zu beachten, fiel nicht jedem leicht. Beim Linksabbiegen an Kreuzungen gab es zunächst massive Probleme. Das musste mehrfach geübt werden, immer wieder aufs Neue.

Die Kinder freuten sich jedes Mal auf diese Stunde. Es war eine willkommene Abwechslung für sie und die Bewegung und die frische Luft taten ihnen gut. Susanne, eine von meinen Schülerinnen, rief anschließend mehrmals: „Oh, hat das Spaß gemacht!"
Das Radfahrtraining klappte mit der Zeit immer besser, und ich war zuversichtlich, dass meine Kinder die Prüfung bestehen würden. Und das war dann auch so.

Die Arbeit in der Schule machte mir nach wie vor Freude. Noch nie hatte ich bereut, mich für diesen Beruf entschieden zu haben.

Ich liebte die Kinder, jeden Morgen freute ich mich auf sie. Mittags allerdings hatte ich es immer eilig, nach Hause zu kommen. Denn da warteten viele Tiere auf mich. Der Hund, die Papageien und viele Hühner.

Am Abend, wenn alle Tiere versorgt und die Schulstunden für den nächsten Tag vorbereitet waren, wurde es immer gemütlich bei uns.

Mirko machte den Fernseher an und streckte sich auf dem Sofa aus. Ich setzte mich in den Sessel daneben und **Einstein** ließ sich davor nieder. Er atmete gleichmäßig ein und aus. Wie gern hörte ich ihm zu, ich hatte ihn furchtbar gern.

Alles an ihm mochte ich, sein glänzendes Fell, seine braunen Augen, sein kleines ehrliches Hundeherz. Welch süßes Glück – ich genoss es! Zumal ich wusste, dass so etwas nicht ewig währen konnte. Einstein, 12 Jahre alt, hatte seit längerer Zeit einige Beschwerden.

Einstein: Mutter Bobtail , Vater unbekannt

Er war ein wunderbarer Hund, immer freundlich und sehr anhänglich. Mit zwölf Jahren bekam er Probleme mit seinen Hüftgelenken. Es fiel ihm schwer, ins Auto zu springen und die Spaziergänge wurden kürzer.

Leider litt er auch des Nachts – sein Arzt nannte es ‚Ruheschmerz'. Es war ein ständiges Auf - und Ab.
Manchmal fiel ihm jeder Schritt schwer und dann wieder schien es, als wären alle Schmerzen verflogen.

Im letzten Winter – es war 2002 am ersten Weihnachtstag - passierte es dann : Einstein konnte plötzlich nicht mehr aufstehen – Himmel hilf ! Er versuchte es vergeblich, kam aber nicht hoch. Wir bekamen einen Riesenschreck. Ausgerechnet zu Weihnachten, wo ja alle Praxen geschlossen waren.

Einsteins Krankenlager Sylvester 2002 / 03

Banges Warten bis zum nächsten Morgen.

Leider keine Besserung ! Einstein lag immer noch am selben Platz wie am 1. Weihnachtstag, schaute mich traurig an und machte – hilflos wie er war – den Teppich nass.

Die Angst kroch in mir hoch. Mirko alarmierte den Nottierarzt. Er gab Einstein eine Spritze und uns die Anweisung, ihm Tabletten zu geben.

„Wenn es dem Hund morgen früh nicht besser geht, muss er eingeschläfert werden! Ersparen Sie ihm weitere Qualen", sagte er.

Es war wie ein Stromschlag - ich hoffte inständig, ein Wunder möge geschehen.

Der Tierarzt fuhr fort: „ Ihr Hund leidet an einer schweren entzündlichen Arthrose. Er hat, so sieht es aus, ein Stadium erreicht, in dem die Schmerzen unerträglich sind."

Am nächsten Morgen ging es Einstein leider nicht besser. Zum Glück war aber unser Tierarzt erreichbar, er kam und half unserem Liebling mit verschiedenen Medikamenten wieder auf die Beine.

Uns kam es vor, als wäre Einstein von den Toten auferstanden, wir waren unsagbar erleichtert.

Allerdings hatten wir begriffen, dass er sehr krank war und wohl nicht mehr lange leben würde. Wir nahmen uns vor, ihm seine letzte Zeit so angenehm wie möglich zu machen. Jeder Tag mit ihm, der nun folgte, war ein Geschenk.

Um ihm das Treppensteigen hinauf zu meinem Arbeitszimmer, zu erleichtern, beklebten wir die einzelnen Holzstufen mit Teppichfliesen. Damit fühlte Einstein sich sicherer, und längere Zeit folgte er mir tagtäglich treppauf, treppab.

Irgendwann aber ging das nicht mehr. Schwierig war vor allem der Treppenabstieg für ihn. Ein paar mal versuchte er es und stürzte leider unglücklich ab.

Da holten wir das Kinder -Treppen -Gitter vom Speicher und verbarrikadierten damit wehen Herzens den Aufgang. Es tat uns ja leid, aber es ging nicht anders.

Im Souterrain wohnten die Graupapageien.
Öfter mal rief einer von ihnen:

„Keiner kommt!"

Das war Kiki. Oder er hämmerte an dem Wandschrank herum. Er durfte das, Hauptsache er langweilte sich nicht.

K i k i gesprächiger Graupapagei

Unsere Klingel funktionierte nicht, darum stand an der Haustür

„ Bitte klopfen !"

Auch die Papageien taten das in ihrem Zimmer, man hörte es im ganzen Haus !

Die Leute klopften sehr unterschiedlich, - je nach Temperament. Manche so leise, dass es kaum zu hören war, andere ballerten ihre Fäuste gegen die Tür, sodass man einen Schreck kriegte.

Der Postbote wusste, dass wir auf sein Klopfen selten reagierten, weil wir meistens dachten, dass es von den Papageien kam. Darum machte er sich, wenn keiner kam, mit lauten Rufen bemerkbar.

Das Schuljahr ging zu Ende, alle freuten sich auf die Sommerferien. Mit Spannung erwarteten die Kinder den letzten Schultag, an dem es die Zeugnisse gab. Alle, auch die Lehrer, waren froh, dass es nun bald soweit war! Mehrere Wochen kein Lärm, kein Stress, verdiente Ruhe. Für mich begann nun bald ein neuer Lebensabschnitt, ich ging mit 65 Jahren in den wohlverdienten Ruhestand.

Die letzten zwei Wochen wurden für mich noch ziemlich stressig – vor allem, weil ich die Tiere dann öfter allein lassen musste. Mir standen Konferenzen im Anschluss an die Schule bevor und danach, am 24. Juli, der Klassenausflug.

Ausgerechnet an diesem Tag hatte Mirko in Norddeutschland wichtige Termine - d.h. ich musste mich zusätzlich um seine Schützlinge kümmern. Die Sorge um die Tiere belastete mich mehr als der zu erwartende Stress. Viel mehr! Und tatsächlich gab es Stress am 24. Juli.

Oh, war das ein Tag !
Morgens Weckerklingeln um 5 Uhr. In aller Frühe versorgte ich die Tiere, dabei machte mir ein Papagei auf die Bluse. Ich wischte den Klecks schnell ab, aber so ganz schick sah ich danach nicht mehr aus.

Mirko musste zu einer Gerichtsverhandlung nach Oldenburg. Die Putzfrau kam mit Bandscheibenvorfall angehumpelt, um Einstein Gesellschaft zu leisten. Sie erhielt dafür immerhin 50 Euro.

Schließlich ging's los, ich fuhr mit den „Eichhörnchen", das war der Name meiner Klasse, zum Schloss Homburg. Dazu hatte ich einen Bus geordert, der alle morgens hinbrachte und am Nachmittag wieder abholte. Es sollte ein krönender Abschluss unserer gemeinsamen vier Grundschuljahre sein.

Am Eingang zum Homburger Schloss merkte ich zu meinem Entsetzen, dass ich meinen Rucksack im Bus vergessen hatte. Mit viel Geld, Papieren und Proviant. Die Frau an der Kasse behauptete, ich müsste das Eintrittsgeld - wegen der täglichen Abrechnung – sofort abliefern. Ansonsten würde man uns nicht reinlassen.

Da stand ich nun also mit 27 Kindern vor verschlossenen Türen!

Zum Glück erreichte ich per Handy die Busgesellschaft. Die rief „unseren" Fahrer an und versicherte mir anschließend, dass er den Rucksack am Nachmittag wieder mitbringen würde. Diese Nachricht bewog dann die Kassiererin, uns doch Einlass zu gewähren...

Die Klassenfahrt wurde letztendlich schön, aber noch schöner war es für mich, danach wieder nach Hause zu kommen, von Einstein begrüßt zu werden und allen meinen Lieblingen.
Kaum hatte ich die Haustür aufgeschlossen, hörte ich es in der Küche poltern. Lucy schmiss gerade angeknabberte Korken durch die Gegend. Es sah da verheerend aus, aber mit Besen und Kehrblech war die Ordnung bald wieder hergestellt.

Meiner Pensionierung sah ich mit einem weinenden und einem lachenden Auge entgegen. Mehrere Jahrzehnte Schuldienst lagen hinter mir.

Diese Arbeit hatte mich beglückt und bereichert, die Schule war mit der Zeit zu meinem zweiten zu Hause geworden.

Dass damit nun plötzlich Schluss sein sollte, war schmerzlich für mich. Es kam mir etwas unheimlich vor - plötzlich gehörte ich zu den Senioren! Dabei fühlte ich mich noch nicht wirklich alt.

Andrerseits freute ich mich auf meinen Ruhestand. Kein Weckerklingeln mehr früh morgens im Dunkeln und endlich Zeit für die Tiere! Ferien ohne Ende, das war unglaublich!

Schließlich war mein allerletzter Schultag gekommen. *„Hoffentlich wird es nicht zu rührselig!"*, sagte ich morgens beim Frühstück zu Mirko. Meine letzte Klasse hatte ich besonders in Herz geschlossen.

„Was?", erkundigte er sich.

„Na, die Abschiedsfeier! Ob du's glaubst oder nicht, ich bin aufgeregt!", rief ich ihm zu.

Dann verließ ich eilig das Haus und fuhr zur Schule.

Es wurde rührselig ... Die Kinder bekamen ihre Zeugnisse und ich nahm Abschied von meinen „Eichhörnchen". Mit Tränen in den Augen – ich konnte nichts dagegen tun.

Nun hatte ich also Ferien - für immer! Und ich genoss sie sehr. Aber ich legte mich natürlich nicht unentwegt auf die faule Haut.

Es gab verschiedene Arbeiten, die ich während der Schulzeit nicht geschafft hatte, und darum kümmerte ich mich alsbald.

Die riesige Hecke vor dem Haus musste dringend geschnitten werden. Schon nach wenigen Tagen machte ich mich bei glühender Hitze an die Arbeit.

Dabei musste ich mich von der kippeligen Leiter aus weit recken, um einigermaßen an die Äste zu kommen. Die elektrische Säge war richtig schwer und meine Armmuskeln gar nicht kräftig, - ich hatte Mühe, sie zu halten.

Am Ende sah die Hecke aber wieder akkurat aus und ich war mit mir zufrieden. Unsere Nachbarin wurde demnächst 80. Dann musste es auch bei uns ein bisschen ordentlich aussehen.

Einige Zeit später kümmerte ich mich dann um Mirkos großes Fenster im Büro. Es war seit mehreren Jahren nicht geputzt worden. Direkt davor stand nämlich sein stets überbordender Schreibtisch, sodass für unsere Putzfrau der Zugang dazu verbarrikadiert war.

Mirko war nicht zu bewegen, Platz zu machen. Dazu, behauptete er, hatte er keine Zeit. Und hinterher würde er dann nichts wiederfinden!

So stieg ich kurzentschlossen auf den Schreibtisch, balancierte vorsichtig über Zettel und Aktenberge, nahm die Gardinen ab und putzte das Fenster. Eingehüllt in Staubwolken und immerzu in Gefahr, auszurutschen auf all dem Papier! Überall Spinnweben und undefinierbarer Dreck der letzten Jahre...

Nach einer Weile hingen die gewaschenen Gardinen wieder und es sah endlich manierlich aus in Mirkos Büro!

Später kam das total eingesaute Klo im Keller dran. Auch das hatte niemand in den letzten Jahren geputzt. Es war eine eklige Arbeit, aber bei angehaltener Luft und mit scharfen Reinigungsmitteln bekam ich es schließlich wieder sauber.

Anfang August gab es paradiesisches Wetter mit Temperaturen an die 30 Grad. Dann konnten Lucy, ein kleiner Mohrenkopfpapagei und Bübchen, ein entzückender Buntfalke, von morgens bis abends auf den Balkon - beide in ihrem jeweiligen Käfig. Da gab es viel für sie zu sehen.

Eine Taube putzte sich in aller Ruhe auf einem der Äste im Kirschbaum, - kaum einen halben Meter entfernt von Bübchen und Lucy. Ein Buntspecht mit leuchtend rotem Köpfchen setzte sich ganz in ihre Nähe auf das Geländer vom Balkon. Plötzlich tauchte ein Eichhörnchen auf. Es rannte das Täubchen fast über den Haufen - im Nu waren alle weg!

Lucy und Bübchen regten sich aber nicht weiter auf. Zumindest ließen sie sich nichts anmerken! Sie blieben still sitzen, taten so, als sähen und hörten sie nichts. *„Wir sind überhaupt nicht da!"*, signalisierten sie wohl vorsichtshalber.

Bübchen, der Buntfalke, war stark gehandicapt. Er hatte nur ein brauchbares Bein, das andere stand seitlich ab (Hüftluxation, die sich leider nicht mehr beheben ließ). Darum wohnte er bei uns im unteren Flur und bekam besonders viel Zuwendung.

Er flog dort frei herum, von einem Regal zum Fensterbrett, auch auf andere Möbel oder unsere Schultern. Schwierig für ihn war nur die Landung auf einem Bein, denn er hatte immer so viel Schwung dabei!

Mit Lucy, einem hellgrünen Mohrenkopfpapagei mit leuchtend gelber Brust, hatten wir schon viel erlebt. Von ihr wird später noch die Rede sein.

L u c y in der Küche

Am Abend begegnete ich einem Tausendfüßler! Er krabbelte durch die Küche. Mit seinen vielen Beinchen ein merkwürdiges Bild ! Hu, wir hatten alle beide Angst voreinander!

Es war nicht einfach, ihn zu erwischen. Sobald er sich verfolgt fühlte, raste er in einem Affentempo davon – mit seinen „tausend" Beinen. Schließlich endete seine Flucht unter einem Plastikbecher und ich entließ ihn auf den Balkon.

Draußen vor dem Schlafzimmerfenster sang ein Hahn ausdauernd und zärtlich. So schön wie ein glücklicher Hahn nur singen kann. Ich mochte das gern und nahm mir vor, seinen Gesang demnächst einmal mit dem Kassettenrecorder aufzunehmen, - solange er noch lebte.

Vor vielen Jahren hatte ich auf diese Art rührende Töne von Chris, unserer lange verstorbenen Hündin, konserviert. Diese pflegte auf der obersten Treppenstufe, von der sie immer beinahe herunterrutschte, zu schlafen und zu schnarchen.
Die Kassette weckte so manche Erinnerungen ...
Lang, lang war's her.

Einige Zeit später, an einem Sonntag im August, legte Lucy ein Ei ! Damit lieferte sie den Beweis, dass sie wirklich weiblich war. Mirko hatte das schon immer vermutet, aber ganz sicher konnte er bislang nicht sein.

Lucy setzte sich morgens auf den Boden ihres Käfigs, direkt unter den Futternapf – sehr ungewöhnlich – und gab leise quietschende Laute von sich. Alsbald war es vollbracht:

Ein makelloses weißes Ei !

Mirko war scharf auf dieses Ei.
In seiner Sammlung hatte er noch keins von Mohrenkopfpapageien. Ich bat ihn, es Lucy zu lassen. Zu meiner Erleichterung nahm er es ihr nicht weg.

Johanna sollte nach den Ferien ein 1. Schuljahr übernehmen. Darauf freute sie sich, allerdings kamen damit viel Arbeit und auch eine große Verantwortung auf sie zu.

Diesmal blieb sie in den Sommerferien zu Hause, bereitete sich auf ihre ABC-Schützen vor, faulenzte dann ausgiebig und traf sich öfter mit Freunden, auch mit mir und Einstein.

Gelegentlich fuhren wir zusammen zum Baden, meistens an eine nahe gelegene Talsperre. Auf dem Hinweg hatten wir schon die Bikinis an und auf dem Rückweg den Bademantel. Das war unkompliziert und kostete nicht mal Eintritt.

Marit, Johannas Tochter, verbrachte die ersten Ferienwochen in England bei ihrem Vater. Er, ein Japaner, hatte sich vor einigen Jahren von Johanna getrennt.

Marit blieb bei ihrer Mutter, besuchte ihn aber von Zeit zu Zeit. Sie war ein hübsches Mädchen, ihrem asiatischen Vater sehr ähnlich (dunkle Mandelaugen), inzwischen 14 Jahre alt.

In der Grundschule hatte sie ein Schuljahr übersprungen, mittlerweile war sie in der 10. Klasse, die Jüngste und immer noch die Beste von allen. Mit etwas Fleiß und Disziplin - das waren ihre bisherigen Erfahrungen – erreichte man alles!

Aber so richtig zufrieden war sie trotzdem nicht mit sich.

Sie fühlte sich zu dick, was objektiv gesehen gar nicht stimmte.

Es wurmte sie, dass sie es nicht schaffte, einfach weniger zu essen. *„Mit etwas Beherrschung muss das doch möglich sein!"*, fand sie.

Schließlich – sie war gerade in England angekommen - gab sie sich aber dann doch einen Ruck und ging auf Diät. Diese bestand aus sauren Gurken und ein paar Salzstangen.

Und siehe da, es klappte! Es klappte sogar so gut, dass sie alsbald gar keinen Hunger mehr verspürte. Ihr Vater wunderte sich, ließ sie aber gewähren. Er wollte ja keinen Streit mit ihr.

Mein Mann machte öfter das Mittagessen, und währenddessen unterhielt er sich viel mit Lucy.

Mit offensichtlichem Vergnügen flog sie auf seinen Kopf, - dorthin, wo er keine Haare mehr hatte. Er schimpfte und polterte los, sobald sie zu frech wurde.

Immer wieder aber lenkte er ein, reichte ihr sozusagen den kleinen Finger. Und was machte Lucy? Sie nahm natürlich sofort die ganze Hand.

Er verzieh ihr unablässig und belehrte sie: *„Das darfst du nicht. Das tut doch weh! Verstehst du das nicht?"*
Aber Lucy verstand nicht, und sie wollte wohl auch gar nicht verstehen.

Also wiederholte sich das Ganze. Lucy kam an, Mirko schimpfte und redete auf sie ein. Immer wieder hörte ich ihn rufen: *„Verstehst du das nicht?"*
Entzückend. Alle beide !

Zu guter Letzt wurde Lucy in ihren Käfig gesperrt.
Aber natürlich nicht lange...

In diesem Sommer war es oft fürchterlich heiß! Keiner ging dann freiwillig in die Sonne, am allerwenigsten unser Hund Einstein. Er konnte sich ja seinen Pelz nicht mal eben ausziehen!

Ich fuhr, wie jeden Morgen, in aller Frühe zum Baden an „meine" Talsperre – die hatte ich zu der Zeit noch ganz für mich allein. Nur eine kleine Ente kreuzte meinen Weg.

Zu Hause dann versorgte ich alle Tiere. Bei der Gelegenheit fing ich fünf Wespen, die bei den Papageien übernachtet hatten, und setzte sie ins Freie. Bei Lucy in der Küche entdeckte ich auch noch eine und scheuchte sie nach draußen.

Lucy legte am Nachmittag ihr 3. Ei. Das erste hatte sie selber kaputt gemacht. Mirko fürchtete, das könnte auch mit den anderen passieren und tauschte schnell das 2.Ei mit einem Kunstei aus. Ich fand das zwar nicht richtig, aber er meinte, es sei ja ohnehin nicht befruchtet.

Nun saß Lucy auf 2 Eiern, dem echten und dem künstlichen, und sie brütete unermüdlich! Mirko behauptete, dass Vögel nicht zählen können und nicht merken, wenn eins fehlt. Aber das glaubte ich ihm nicht. Zum Glück konnte ich ihn davon abhalten, Lucy das dritte Ei wegzunehmen. Schade, dass es nicht befruchtet war...

Eines Tages gab es große Aufregung, denn Lucys Käfig auf dem Balkon war plötzlich offen. Wem war das nur passiert? Hatte Lucy etwa selbst das Türchen aufgemacht? Sie spazierte draußen auf dem Geländer herum!

Bitten und Flehen halfen erst einmal gar nicht. Ich hielt ihr den Käfig hin, - vergeblich. Schließlich nahm ich nach alter Gewohnheit – wie stets in der Küche - ein kleines Bambusstöckchen. Wie ein dressierter Zirkusvogel ließ sie sich davon ‚leiten'. Erst auf den Käfig hinauf, dann abwärts in die Türöffnung hinein.

Meine Knie waren weich danach. *„Noch einmal Glück gehabt!"*, teilte ich später Mirko mit.
„Wieso?", wollte er wissen. Ich erzählte ihm, was passiert war und wunderte mich immer noch darüber, dass Lucy gar nicht den Eindruck gemacht hatte, wegfliegen zu wollen.
„Das ist doch klar!", sagte Mirko, als er das hörte. *„Sie verlässt doch ihre Eier nicht!"*

Am Abend saßen wir noch lange auf dem Balkon. Nach getaner Arbeit genossen wir die Ruhe mit einem Glas Rotwein. Manchmal krähte noch ein Hahn in der Dunkelheit.

Nun, da ich „Endlosferien" hatte, nahm ich mir vor, öfter einmal Essen zu kochen und meinen Mann zu entlasten. Er hatte das oft während der Schulzeit übernommen, ohne sich zu beklagen.

Außerdem wollte ich ein bisschen französisch lesen, sprechen, hören, träumen ... Dazu hatte ich mir ein Wörterbuch übers Internet bestellt! Das war praktisch, - ich musste nicht in die Stadt fahren und einen Parkplatz suchen und dann möglicherweise erfahren, dass das, was ich haben wollte, gar nicht da war.

Nachts bei offenem Fenster schlafen war in diesem Sommer ein Risiko, weil ich die Angewohnheit hatte, vor dem Einschlafen zu lesen und das Licht anmachte.

Dadurch wurde ein Heer von Insekten angelockt. Bisweilen düsten Nachtfalter durch den Raum, - einmal landete ein dicker Käfer direkt auf meinem Kopfkissen.

Johanna hatte immer noch Ferien. Sommerferien im September – wie ungewohnt. Diesmal dauerten sie bis Mitte September.

Auf ihr 1. Schuljahr hatte sie sich sorgfältig vorbereitet und sie war ausgeruht, ihr hatte der Urlaub zu Hause gut getan! Allerdings fehlte ihr Marit sehr und sie freute sich, dass sie nun bald zurückkommen würde.

Kurz vor Schulbeginn holte Johanna sie vom Flughafen ab. Ihre Tochter hatte sich in den letzten Wochen verändert. Das fiel ihrer Mutter gleich auf, als sie sie abholte. Sie hatte sehr abgenommen, etwas zu viel für Johannas Geschmack.

In der folgenden Zeit machte Marit keinerlei Anstalten, ihr in England erworbenes Essverhalten zu ändern. Sie fand sich nämlich immer noch zu dick.

Und Johanna wunderte sich ... Ihre Tochter magersüchtig? Nein, das konnte doch nicht sein!

Sie flehte Marit an: *„Bitte sei vernünftig, hör doch auf mit der Hungerei! Jedes Lebewesen braucht Nahrung, sonst stirbt es! Du treibst Raubbau mit Deiner Gesundheit."*

„Ich esse schon genug, außerdem habe ich noch haufenweise Fettreserven!", fand Marit.

Sie war stolz auf sich, und sie blieb stur bei ihrer kargen Diät.

Im September ging dann die Schule wieder los und Johanna übernahm 28 quirlige, kleine ABC-Schützen. An ihrer Schule bekam jede Klasse einen Tiernamen. Johannas Kinder waren die ‚Kolibris', vom 1. bis zum 4. Schuljahr.

Sie hatte sich schon wochenlang auf sie gefreut – nicht ahnend, was da auf sie zukam. Diesmal hatte sie mehrere Problemkinder bekommen, das wurde ihr nach wenigen Tagen klar.
Unter den Kolibris waren mehrere Kinder aus verschiedenen Nationen. Erfreulicherweise gab es bei ihnen kaum Verständigungsschwierigkeiten, sie kannten sich aus ihren Kindergartengruppen. Dort hatten sie zusammen gespielt und nach und nach deutsch sprechen gelernt.

Ein Junge, er hieß Uwe, fiel Johanna besonders auf. Er wiederholte die erste Klasse und machte allen das Leben schwer, auch sich selbst.

Schon am zweiten Tag empörte er seine Mitschüler. Die Kinder hatten sich ordnungsgemäß hintereinander aufgestellt. Plötzlich lief Uwe nach vorn zu Ina und – zack – knallte ihr einfach eine. Völlig ohne Grund!

Im Unterricht fing er dann an, gewaltig zu stören. Er wollte auffallen und suchte Anerkennung, indem er auf seinen Tisch stieg und dort herumtanzte. Immerzu rief er irgendetwas in die Klasse, meistens waren es Schimpfwörter.
Sobald Johanna ihn ermahnte, wurde er widerborstig und ließ sie wissen: *„Du hast mir gar nichts zu sagen!"*

Sie bemühte sich sehr um ihn, sprach eindringlich mit seinen Eltern, wann immer sich die Gelegenheit bot.

Hin und wieder, wenn er unglücklich war, nahm sie ihn auf den Schoß, was ihm offensichtlich gefiel. Oder sie machten in der Klasse - auf Johannas Wolljacke - Kopfstand! Darin war Uwe besser als alle anderen und dieser Erfolg tat ihm gut.

Aber das alles half, wenn überhaupt, nur kurzfristig. Er verfiel immer wieder in sein altes Verhaltensmuster: contra, rücksichtslos und aggressiv, gegen alle Regeln.

„Ich weiß nicht, wie ich seine Schulfreude wecken kann. Uwe stört so hartnäckig, dass ein Unterricht gar nicht möglich ist. Ich bin mit meinem Latein am Ende!", teilte Johanna ihrer Schulleiterin mit.

Die war überrascht, denn im Gegensatz zu anderen Kolleginnen hatte Johanna früher nie Disziplinschwierigkeiten gehabt. Sie war bekannt dafür, dass sie mit allen Kindern gut klarkam.

Sie hatte eine behutsame Art, mit ihnen umzugehen, war einfühlsam und ein eher sanfter Typ. Zu ihr fassten die Kleinen normalerweise schnell Vertrauen. Im Laufe der Jahre, sie war jetzt 45, hatte Johanna gelernt, sich auch bei schwierigen Kindern mit freundlicher Bestimmtheit durchzusetzen.

Neuerdings allerdings kostete sie das überaus viel Kraft. In jeder Ecke saß praktisch ein kleines Ungeheuer, es gab ja leider nicht nur mit Uwe Probleme. Außer ihm machte vor allem Sylvester viel Theater und störte immer wieder.

Seine Mutter, Frau Enderlein, hatte Johanna schon gleich am 1. Schultag vor ihm gewarnt. *„Er hat ADHS!"*, meldete sie.

Nach einigen Tagen lag eine Notiz von Elke, einer Kollegin, auf Johannas Pult: *„ Sylvester und Alex haben Kinder aus der 3c bespuckt ! Was ist los bei Euch?"*

Zur Strafe mussten die beiden eine Woche lang während der Pausen in den „Knast". Das war ein fensterloser Raum in Lehrerzimmernähe zur ‚Verwahrung' von kleinen Straftätern.

Johanna hatte noch nie spuckende Schüler gehabt, das war mal was Neues. In ihrem 1. Schuljahr gab es gleich mehrere Kinder, die wie die Lamas um sich spuckten. Vor der Schule, in der Schule, nach der Schule, immer wieder und überall. Sie schienen sich gegenseitig anzustecken.

Eine recht wirksame Methode, Kindern diese Unart abzugewöhnen, war diese: Sie mussten ihre eigene Spucke dort, wo sie hängen geblieben war, wieder ablecken!

Johanna wandte sie des Öfteren mit Erfolg an. Vorausgesetzt, sie war zufällig am Tatort!

In diesem Herbst starb eine unserer Hennen.
Ich schrieb in mein Tagebuch:

Sonntag, 14. September 2003

Cindy, Olafs kleine Henne, ist tot und ich bin traurig. Olaf sicher auch.

Und wie traurig er jetzt ist! Als Mirko vorhin die tote Henne mitnahm, flog er hinterher und krähte jämmerlich. Er hörte gar nicht wieder auf. Oh, ist das hart.

„Olaf" ist einer unserer Hähne ! Andere haben auch Namen aus der Verwandtschaft gekriegt, zum Beispiel heißt einer „Erwin". So hieß Mirkos Vater.

Olaf hat lange Zeit mit Cindy in einem der alten Pferdeställe gelebt, ganz wie ein altes Ehepaar. Nun ist er allein. Ach, warum muss jeder sterben. Und obendrein vorher so leiden ...

Olaf und **Cindy**

Wir haben den einsamen Witwer gleich heute Morgen rausgelassen. Vor dem Stall wächst Gras und es gibt dort allerlei zu entdecken.

Die Sonne scheint, die Vögel singen, ein Wetter für glückliche Hühner. Aber Olaf ist es ganz und gar nicht. Sichtbar geknickt bleibt er mit hängenden Flügeln vor dem Stall stehen und rührt sich nicht vom Fleck. Er tut uns wirklich leid.

Heute Nachmittag war ich öfter mal bei ihm ...

Ich hab ihn gern, wir kennen uns nun schon so viele Jahre! Er ist ein netter Hahn, - überhaupt nicht aggressiv, wie beispielsweise sein Artgenosse Erwin. Der kommt oft hinterhältig von hinten angerast und beißt einen in die Hacken.

Unsere Hähne

Ursprünglich gab es bei uns nur Hennen. Erst später kamen nach und nach die Hähne dazu. Das hing mit Mirkos Greifvögeln zusammen. Alle vier Wochen holte er Futter für sie, und das waren Tausende von tief gefrorenen männlichen Küken – die weiblichen ließ man ja leben, weil sie Eier legen konnten ...

Manchmal liefen nun zwischen den toten Küken aber noch halbwegs lebendige herum. Diese taten uns leid, sie durften weiter leben! Aus ihnen wurden lauter große Hähne.

Außerdem bebrüteten Mirkos Greifvögel zeitweise Kuckuckseier, aus denen dann Hühnerküken und einmal eine kleine Gans schlüpften. Das ist eine längere Geschichte !

Damals hatte Mirko zwei Adler.
1994 legte das Weibchen „Chris" Eier, von denen Mirko vorsichtshalber zwei in einer Brutmaschine ausbrüten ließ. Er legte ihr dafür ein Gänse-Ei ins Nest. Tatsächlich schlüpfte daraus eines Tages ein kleines niedliches Gänseküken. Mirko nannte es Petrus.

Gleichzeitig bebrüteten mehrere Falken Hühnereier, die Mirko mit ihren eigenen ausgetauscht hatte, um auch diese in seine Brutmaschine zu legen.

Aus den „Kuckuckseiern" schlüpften alsbald Hühnerküken, die eines Tages in den Volieren herumspazierten. Mirko holte sie ins Haus und zog sie groß.

Sie waren sehr süß und lebten noch jahrelang bei uns. Alle bekamen einen Namen, alle hatten es gut bei uns.

Das erste von Falken ausgebrütete Küken war Katinka. Dieses Küken genoss liebevolle Solobehandlung und wurde besonders zutraulich. Es entwickelte sich zu einer hübschen braunen Henne und begleitete mich nach Möglichkeit bis ins Haus, anhänglich wie sie war.

Petrus (Gänseküken) und **Katinka** (Hühnerküken)

Petrus einige Zeit später!

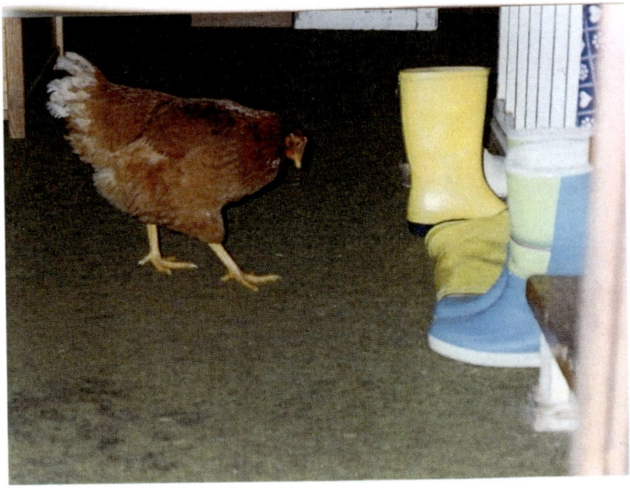

Katinka bei uns auf dem Flur

Einstein und **Katinka** am Hauseingang

In der Brutmaschine schlüpften aus den echten Eiern der Adler und Falken nach angemessener Zeit mehrere Adler - bzw. Falkenküken, die sich alle prächtig entwickelten.

Mirko kümmerte sich liebevoll um sie.

Mirko mit 2 kleinen **Adlerküken**

2 Adlerküken (aus der Brutmaschine)

Inzwischen wurde es Herbst, aber die Sonne schien noch ausgiebig, und das tat gut. Es war gemütlich bei uns zu Hause.

Einstein schlief im Badezimmer, Lucy nagte an der Küchentür und die Papageien hämmerten gegen ihren Holzschrank. Draußen rief eine Taube sanft und sehnsüchtig ...
Friede bei uns - der Krieg im Irak weit weg.

Im Oktober kamen immer die Mäuse zu uns ins Haus, manche sogar ins Wohnzimmer! Eine kleine saß eines Morgens in der Lebendfalle. Die erste, die trotz ihrer Panik alles aufgefressen hatte, was drin war: Schinken und Speck. Ich ließ sie natürlich sofort frei und hoffte, dass sie nicht bei nächster Gelegenheit wieder ins Haus kommen würde ...

Bei uns ging immer mal was kaputt. Die untere Haustür – sie führte zum Wald und zu den Volieren – ging nicht mehr auf. Sie ließ sich plötzlich nicht mehr aufschließen.

Zum Glück konnte Mirko mit Geduld und Geschick die Blockade lösen. „Wieder mal den Handwerker gespart!", verkündete er stolz. Er hatte schon oft einmal Reparaturen durchgeführt, was ich jedes Mal sehr bewunderte. Ich selber traute mir so etwas nicht zu.

Ab und zu besuchte ich unsre Tochter Judith und ihren Mann Wolfram in München. Das tat ich selten und wenn, dann nur für zwei Tage. Denn unsere Sensibelchen, die Papageien, waren nicht an Mirko gewöhnt und flogen panisch vor ihm davon, wenn er sie einmal versorgen musste.

Am 1. Samstag im Oktober packte mich mal wieder die Reiselust und ich setzte mich in den Schnellzug nach Bayern - Fahrtdauer immerhin sechs lange Stunden. Ich musste einfach mal andere Tapeten sehen!

Mirko hatte nun alle Hände voll zu tun. Die Papageien machten mehr Arbeit, als er angenommen hatte. Eines Abends war Lucy verschwunden. Mirko suchte die ganze Küche ab, rief sie immer wieder – sie war wie vom Erdboden verschluckt.

Heiliger Strohsack, was er nicht alles mitmachte! Eine kleine Sekunde lang dachte er: *„Ein Quälgeist weniger!"* Aber kurz danach entdeckte er sie hinter der Gardine. Die war mittlerweile angeknabbert, kaputt, reif für die Lumpenkiste ...

Am Abend, als er alle Tiere versorgt hatte, war er fix und fertig.

Ich genoss derweil die liebevolle Gastfreundschaft von Tochter und Schwiegersohn. Sie, beide Tierärzte, wohnten praktischerweise direkt gegenüber der Universität, wo sie Fulltimejobs hatten. Mit Vorlesungen und Seminaren einerseits – und der Behandlung von kranken Pferden in der angegliederten Tierklinik andererseits.

Oftmals klingelte bei ihnen mitten in der Nacht das Telefon, weil ein Koliker eingeliefert worden war. Und dann kämpften sie um sein Pferdeleben, meistens war eine Operation unumgänglich. So etwas dauerte mehrere Stunden ....

Zu der Zeit, als ich bei ihnen war, gab es zum Glück keinen Notfall. Wir machten einen langen Spaziergang durch den Englischen Garten, aßen gepflegt in einem vegetarischen Restaurant und saßen am Abend noch lange bei Kerzenlicht und Rotwein zusammen. Es waren schöne Stunden für mich, - fern vom Alltag und den häuslichen Pflichten.

Am Sonntag fuhr ich dann wieder zurück zu Mirko und den Tieren. Wieder eine stundenlange Fahrt, - aber ich fand, der Aufwand hatte sich gelohnt.

Sonntag, 5.10. 2003

Schläfriger Sonntagmorgen ...

Da meine Fußstütze kaputt ist, darf ich mich an einen Tischplatz setzen, wunderbar! Mir gegenüber sitzt ein netter Holländer, älteres Semester. Auffallend säuberlich gekleidet, alles an ihm sieht nach Disziplin und Ordnung aus. Ich biete ihm eine Praline an, er nimmt sie höflich an – weitere dann aber nicht.

Zur Erklärung zeigt er auf seinen Kopf, vielleicht kriegt er Kopfschmerzen von Pralinen. Oder sein Kopf warnt ihn vor ungesunder Ernährung. Stattdessen schält er sich säuberlich einen Apfel.

Ab Mannheim wird es dann eng. Neben mich setzt sich ein vierschrötiger Mann. Er breitet sich weit aus. Und er hat leider auch noch Mundgeruch.

In Frankfurt ertönt ein Lautsprecher, erfreulicherweise mal gut verständlich: Wegen eines herrenlosen Rucksacks wird ein Polizeieinsatz unseren Zug längere Zeit aufhalten. Terrorgefahr ?

Wir werden aufgefordert, in den Zug gegenüber umzusteigen. Immerhin bin ich nun meinen lästigen Nachbarn los. Ich komme schließlich 15 Minuten später als geplant in Köln an und muss rennen, um meinen Anschlusszug nach Gummersbach noch zu kriegen.

Ich schaffe es - in letzter Minute. Erschwert wird mein Endspurt durch undurchdringliche Menschenmassen, ich stolpere und falle auf dem Bahnsteig kurz mal der Länge nach hin.

Im Bummelzug ab Köln gibt es dann leider nur ein kaputtes WC, die Kloake läuft unten raus! Neben mir sitzen zwei ziemlich wild aussehende Ausländer. Der Ältere von beiden wirkt mitgenommen, er kommt gerade aus Makedonien und spricht kaum deutsch. Der andere, ein Albaner, kann das besser, denn er lebt schon seit ein paar Jahren in Deutschland. Die beiden unterhalten sich auf makedonisch. Nach einer Weile fragen sie mich, ob ich nicht Arbeit für sie habe. Im Garten vielleicht, sie könnten tüchtig helfen. Ich muss sie leider enttäuschen.

Der Schaffner kontrolliert die Fahrkarten, sie haben nur ungültige. Er erklärt es ihnen geduldig, man merkt, so etwas erlebt er öfter. Eigentlich muss jeder der beiden 40,00 Euro Strafe bezahlen. Aber er drückt ein Auge zu und kassiert nur die Hälfte.

Johanna hatte weiterhin Stress in der Schule. Neben Uwe ging ihr auch Sylvester häufig auf die Nerven. Er machte Tiergeräusche, ärgerte seine Nachbarn und bespuckte sie. Eines Mittags platzte Johanna der Kragen und sie rief seine sehr selbstbewusste Mutter an.

„Es gibt massive Probleme mit Ihrem Sohn! ", beschwerte sie sich.

„Sylvester ist eben krank. Er hat ADHS, wie Sie wissen. Das ist eine Gehirnstoffwechselstörung, " belehrte sie Johanna.

Wenn er ungezogen war, wie auch immer, dann konnte man ihm, fand Sylvesters Mutter, keine Vorwürfe machen. Wenn er auf Ausflügen abhaute, wenn er den Unterricht mit Kreischen oder Klopfen störte, wenn er Stühle umschmiss und nicht bereit war, sich an Regeln zu halten, dann war das in ihren Augen zu tolerieren, weil er ja wohl nicht anders konnte.

Sylvester war Patient in der ambulanten Kinderpsychiatrie. Auf Anraten von seiner Mutter telefonierte Johanna schließlich mit der zuständigen Ärztin. Diese kündigte an, sie hätte vor, ihm Ritalin zu verschreiben, wenn sich sein Verhalten nicht bessern würde.

Johanna begann nun, alles über ihn aufzuschreiben, um Belege zu haben. Es gab ja eindeutig Grenzen für jedes auch noch so kranke Schulkind. Und die überschritt Sylvester eindeutig.

Sie hoffte, er würde das Ritalin bald bekommen. Von anderen Kollegen hatte sie gehört, dass es bei manchen Kindern mit Verhaltensstörungen Wunder wirkte.

In der dritten Oktoberwoche gab es endlich Herbstferien. Selbst am letzten Tag davor betrat Johanna ihre Klasse mit unterschwelligem Unbehagen. Aber dieses Mal ging alles ganz gut! Die Kinder hatten nur drei Stunden und Uwe war gar nicht erst gekommen.

Zunächst störte Sylvester, - rief seine Witze in die Klasse und meckerte unaufhörlich wie ein Ziegenbock. Dabei konnte keiner ordentlich arbeiten und darum schickte ihn Johanna vor die Tür. Zum Glück ging er auch und setzte sich im Flur auf die Heizung. Die war schön warm und das hatte er offenbar gern.

Mitten in der ersten Stunde kam Radieschen nach vorn. Eigentlich hieß sie Charlotte, aber so nannte sie niemand. Sie hatte ein großes Problem, denn ihre Hose rutschte, das Gummiband war gerissen.

„Das muss genäht werden", meinte sie. Da es kein Nähzeug in der Klasse gab, suchte Johanna nach einer anderen Lösung.

Sie entdeckte einen schönen, langen Bindfaden im Schrank. Den wickelte sie um Radieschens zierliche Taille. Eine Schleife mit Knoten hielt das Ganze!

So gesichert verbrachte Radieschen die nächste Zeit. Glücklicherweise, ohne auf die Toilette zu müssen.

In der 3. Stunde wurden Lieder gesungen und ein paar Spiele gemacht. Zuletzt baten die Kinder Johanna, ihnen aus dem *Struwwelpeter* vorzulesen. Sie entschied sich für den *Zappelphilipp.*

Einige wollten dabei auf ihren Schoß - sie durften, der Reihe nach. Als Johanna bei der Stelle „ Er gaukelt und schaukelt, ... auf dem Stuhle hin und her“ ankam, machte sie mit – und hatte so viel Schwung, dass ihr die kleine Marie beinahe vom Schoß rutschte. Es gab ein großes Gelächter, so ausgelassen hatten die Kinder Johanna noch gar nicht erlebt.

Endlich Ferien! Es waren die allerersten für die Kolibris.

Die Kraniche zogen jetzt wieder in den Süden.
Welch ein fantastisches Schauspiel, immer wieder!
Wie gern sah ich ihnen zu und wie wehmütig wurde mir dabei...

Bei unserem großen Hahn Otto juckte es seit einigen Tagen zwischen den Federn. Es war ihm deutlich anzusehen, dass er sich in seiner Haut gar nicht wohl fühlte.

Ich litt mit ihm und war froh, dass Mirko sich am Nachmittag über ihn erbarmte. Er fing ihn, umfasste mit sicherem Griff beide Beine und besprühte ihn mit einem Mittel gegen Ungeziefer.

Der arme Hahn flatterte und schrie erbärmlich ....

Ach war ich froh, als die Aktion vorüber war! Otto zu fangen und an den Beinen aufzuhängen, das hätte ich nie und nimmer gekonnt.

Dazu fehlte es mir an Muskelkraft und auch an Mut. Otto konnte ja, wenn er sich bedroht fühlte, wild um sich hacken!

Am späten Nachmittag wurde ich durch gellendes Geschrei der Hähne aufgeschreckt. Ich lief zu ihnen und entdeckte ganz in ihrer Nähe einen Fuchs.

Zuerst hatte ich ihn für eine etwas groß geratene Katze gehalten. Als er mich sah, verschwand er eilig.

19 Uhr abends, - mittlerweile war es bei uns stockdunkel. Während ich das Abendbrot machte, rief Kolja an und meldete: *„Geschafft!"*

„Was?", erkundigte ich mich.

„Gestern war ich zum letzten Mal Prinz!"

Den hatte er längere Zeit in *„Emilia Galotti"* am Lüneburger Theater gespielt.

Und das war eine gute Nachricht!

Die letzten Tage mussten hart für ihn gewesen sein. Er wohnte damals in Köln und fuhr von dort aus jeden Tag zu Filmaufnahmen nach Düsseldorf.

In der ersten Zeit allerdings war sein Engagement am Theater in Lüneburg noch nicht beendet.

Dort wurde er an zwei Abenden wöchentlich um 20 Uhr auf der Bühne erwartet. Er musste also eine zeitlang zwischen den beiden Städten hin - und herpendeln.

Für diese Fahrten war ihm zwar ein Chauffeur von RTL zur Verfügung gestellt worden, aber sie kosteten Kolja viel Zeit und Kraft.

Damit war nun also Schluss.

Der nasskalte November nahte, der Monat, in dem an mehreren Feiertagen der Toten gedacht wurde. Auch ich tat das; ich war vor allem mit meinen Gedanken bei den Tieren, die ich geliebt hatte und die nun nicht mehr lebten.
Mirko waren schon wieder Vögel gestorben: Eine Turmfalkenfamilie hatte öfter Revierstreitigkeiten. Dabei waren das Weibchen und eins seiner Kinder umgekommen.

In der Nacht träumte ich von Polly.
Es war traurig und bedrückend.
Warum gerade von ihm?
Bilder aus früheren Zeiten gingen mir durch den Kopf.
Damals, als unsre Kinder noch zu Hause wohnten, hatten wir ein Pferd angeschafft, es hieß Paula. Nach einiger Zeit kamen der kleine Polly und Granny, ein Apfelschimmel, dazu.

Granny, Paula, Polly

Wir hatten sie alle ins Herz geschlossen - sie gehörten zur Familie. Judith war diejenige, die sich zuverlässig um die Pferde kümmerte. Sie trug immer die Hauptlast.

Das war für sie wirklich eine Menge Arbeit viele Jahre lang, - jeden Tag aufs Neue.

Besuch bei **Paula** (Norwegerstute)

„Sag mir, wo die Blumen/Pferde sind, wo sind sie geblieben?" Dieses Lied tauchte von Zeit zu Zeit in mir auf, die beiden Pferdeställe und die Wiesen erinnerten ständig an sie.

Johanna rief mich gegen Ende der Herbstferien an. *„Kleine Kinder, kleine Sorgen, große Kinder, große Sorgen"*, sagte sie.

„Wie meinst du das?", erkundigte ich mich.

„Ich fürchte, Marit hat die Magersucht. Seit den Sommerferien isst sie kaum noch was, vielleicht mal eine Möhre und einen Apfel ...!"

„Deine Tochter ist in einem schwierigen Alter. Als ich vierzehn war, fand ich mich auch zu dick und habe mehrere Schlankheitskuren gestartet, allerdings nie durchgehalten!"

„Marit hält leider durch und sie ist richtig stolz darauf! Ich habe mit Engelszungen auf sie eingeredet, ihr ihr Lieblingsessen vorgesetzt, sie angebettelt, alles zwecklos. Du müsstest sie mal sehen! Sie sieht erbärmlich aus, - aber sie findet sich immer noch zu dick!"

Ich versuchte sie aufzumuntern: *„Meine Güte, sie ist in der Pubertät! Dann rebelliert man gegen die Welt und die eigene Mutter und schlägt eben über die Stränge. Meinst du nicht, dass sich das wieder gibt?"*

Nein, das meinte Johanna nicht ...

Einstein ging's in der Nacht gar nicht gut. Seine Arthrose, unter der er seit längerer Zeit litt, machte ihm zu schaffen.

Gegen den Verschleiß der Gelenke gab es leider kein Medikament. Ab und zu bekam er schmerzhafte Entzündungsschübe, - in dieser Nacht war es wieder soweit.
Die Schmerztabletten, die ich ihm gab, wirkten bis Mitternacht. Dann musste er raus zum Pinkeln, und danach gab es bis zum Morgengrauen Probleme. Er hechelte und hechelte, stieß ab und zu lange Basstöne aus und stöhnte dann.

Schlafen konnten wir nun nicht mehr. In solchen Nächten – was hat der Hund nur? – überlegten wir schweren Herzens, ob man ihn nicht doch besser erlösen sollte.

Am andern Morgen ging es ihm aber wieder ganz gut. Er lachte mich an und schluckte nach einigem Zögern das Fleischbällchen, in dem seine Medizin versteckt war. Schließlich ging er auf die Straße und tat, als hätte es die letzte Nacht gar nicht gegeben.
Die Welt war plötzlich wieder in Ordnung!

Aber Mirko fing dennoch an – es war wirklich schockierend - für Einstein ein Grab auszuheben.
„ Nur für den Fall, dass er im Winter schlapp macht!", sagte er. *„Es ist Anfang November, bald gibt es Frost, und dann kann man kein Loch mehr graben."*

Ich bekam unwillkürlich eine Gänsehaut. Meinetwegen konnte das Loch auch wieder zuwehen...

Am Abend telefonierte ich mit Johanna. *„Krieg jetzt keinen Schreck! Mirko hat heute ein Grab für Einstein ausgehoben."*

„Was?", entfuhr es Johanna.
Es fiel ihr schwer, keinen Schreck zu kriegen.

„Das ist natürlich makaber, aber Mirko wollte das! "

Und dann erklärte ich warum.
Johanna schwieg eine Weile und mir schien, sie schüttelte den Kopf. Schließlich hörte ich sie sagen: *„Trotzdem, ich würde das nicht übers Herz bringen. Tiere merken doch alles!"*

„Du meinst, Einstein kann Gedanken lesen?"
Johanna war überzeugt davon: „ Er weiß es nicht, aber er spürt das, fürchte ich."

Zu meiner Erleichterung ging es Einstein zunehmend besser! Offenbar hatte er erst einmal wieder seine Krise überstanden.

Eines Tages überraschte er mich damit, dass er aufs Sofa stieg - das erste Mal seit langer Zeit. Plötzlich saß er oben, als wäre das selbstverständlich.

Wie oft hatte er vergeblich versucht, da rauf zu kommen, aber die Schmerzen in seinen Gelenken waren zu groß.

Immer wieder schaffte er es nicht, so dass er es schließlich gar nicht mehr versuchte.

Aber dann auf einmal doch. Sensation!
Und einen Appetit hatte er – ganz wie ein gesunder Hund!

Im Dezember kam es zu einer Kälteperiode und es schneite. Einstein sah interessiert zu und marschierte, sobald wir ihm die Tür aufmachten, auf die Straße. Dort legte er sich genüsslich in den Schnee.

Als ein Auto kam, war er nicht zu bewegen, aufzustehen. Es fuhr notgedrungen in großem Bogen um ihn herum. Er ließ sich nicht aus der Ruhe bringen - dieser Schnee war doch wirklich zu schön!

-

In Johannas Schule herrschte allmählich eine vorweihnachtliche Stimmung. Die Kolibris schmückten den Klassenraum, es wurde viel gebastelt, gemalt und gesungen. Aber natürlich gab es zwischendurch auch Ärger.
So beschwerten sich mehrere Jungen bei Johanna, weil Uwe absichtlich auf den Fußboden der Toilette gepinkelt hatte. Darum wurde er in der letzten Stunde vom Hausmeister zum Klo- Putzen abgeholt. Alle atmeten auf, als sich die Tür hinter ihm geschlossen hatte ....

Zuvor war er durch die Klasse gelaufen, hatte geflucht und seinen Nachbarn Georg kräftig gegen die Beine getreten. Während die andern Kinder fleißig schrieben und Aufgaben lösten, kritzelte er wilde Striche ins Heft. „Warum?", fragte er, als Johanna ihn aufforderte, das wieder auszuradieren.

Von mehreren Seiten kamen Beschwerden über Uwes rüpelhaftes Verhalten in den Pausen. Er tat anderen Kindern weh, ärgerte und beschimpfte sie, - ohne jeden ersichtlichen Grund. Er machte einfach allen das Leben schwer.
Eigentlich war das Maß längst voll, es musste etwas geschehen. Johanna führte Gespräche mit der Schulleiterin und machte ihr klar, dass Uwe auf eine E-Schule gehörte. Aber ein Schulwechsel im 1. Schuljahr schien dieser verfrüht zu sein.

Manchmal war Johanna fix und fertig und nahe daran, alles hinzuschmeißen. „ Die Kolibris gehen mir auf die Nerven – und ich ihnen vermutlich auch!", teilte sie mir mit.

Bei uns zu Hause passierte kurz vor Weihnachten ein Unglück. Ich war gerade aus der Stadt zurückgekommen, da stand Mirko weinend an der Haustür mit Bübchen, seinem Buntfalken, in der Hand.

Ich bekam einen furchtbaren Schreck - diesen Empfang habe ich bis heute nicht vergessen!

Bübchen war mit dem Kopf gegen eine Fensterscheibe geknallt. Nun lag er schlaff und apathisch da, und nach einer Weile hörte er endgültig auf zu atmen.

Mirko konnte es nicht fassen, auch mir kamen nun die Tränen. Dieser kleine Vogel mit dem steifen Bein war uns ans Herz gewachsen.

Der einzige Buntfalke, der uns immer zutraulich auf die Schulter geflogen war und sich von uns kraulen ließ. Wie freudig hatte er uns immer begrüßt!

Im letzten Sommer waren wir mit ihm zu einer Wiese gefahren, um ihm eine Freude zu machen. Dort ließen wir ihn herumfliegen, vertrauend darauf, dass er in unserer Nähe bleiben würde.

Aber da hatten wir uns geirrt!

Auf einmal - eh wir's uns versahen - flog er hoch in den blauen Himmel und verschwand hinter einer riesigen verwilderten Tannenhecke.

Nun war guter Rat teuer. Wir rannten hinterher, riefen nach ihm und versuchten, durch die Hecke zu kriechen. Aber das ging nicht, denn sie war sehr dicht und nahezu undurchdringlich.

Ich gab die Hoffnung alsbald auf, Bübchen je wieder zu sehen. In der schmerzlichen Gewissheit, dass er mit seiner Behinderung sehr bald umkommen würde.

Zum Glück aber entdeckte Mirko schließlich doch noch eine Lücke in der Hecke und gelangte hindurch. Kaum war er dort, hörte er Bübchen rufen! Er saß im hohen Gras und wartete da schon auf ihn. Diese Freude, dieses Glück!

Nie wieder haben wir einen derartigen Ausflug riskiert.

Johannas Tochter war mittlerweile zu einem Gerippe abgemagert, - auf keinen Fall wollte sie wieder zunehmen, kein einziges Gramm!

In den Weihnachtsferien führte Johanna lange Gespräche mit ihr und versuchte, sie endlich zur Raison zu bringen. Aber vergeblich, Marit blieb stur.

Sobald sie eine Kleinigkeit gegessen hatte, ging sie joggen, um die Kalorien wieder abzuarbeiten. Außerdem machte sie regelmäßig eine spezielle Bauch-Beine-Pogymnastik und gezielte Fitnessübungen – perfekte Fettverbrenner! Ihre Regelblutung war schon seit längerer Zeit ausgeblieben, aber das ignorierte sie.

„Weißt du eigentlich, wie schrecklich du aussiehst?", fragte Johanna.

„Na und?", wehrte sich ihre Tochter.
„Das sind eben meine Gene, von wem hab ich die wohl?"

Ihre Mutter verlor daraufhin die Nerven und schrie sie an: *„Mit deinen Genen könntest du ein sehr hübsches junges Mädchen sein, vorausgesetzt, du wärest nicht zu einem Skelett abgemagert!"*

Von Marits weiblichen Rundungen war mittlerweile nichts mehr zu sehen, sie sah wirklich zum Erbarmen aus. Jeder, der sie sah, erschrak.

2004

Mit dem 6. Januar, dem gesetzlichen Feiertag „Heilige Drei Könige", endeten die Weihnachtsferien. Marit blieb wegen einer starken Erkältung noch ein paar Tage zu Hause. Sie war froh, im Bett bleiben zu können.

Alles wurde mittlerweile anstrengend für sie. Der Schulweg, die Klassenarbeiten .... einfach alles!

Draußen war es ungemütlich, auf den Straßen lag Schneematsch, nichts von Dauer – nur scheußlich nass. Johanna zog ihre alten Gummistiefel an. Sah ja keiner im Dunkeln. Ein paar trockene Halbschuhe steckten in einer ihrer Taschen.

In der Schule wurde es für sie im neuen Jahr leichter, denn Sylvester bekam seit dem 17. Januar Ritalin. Es wirkte sich ausgesprochen positiv auf ihn aus.

Für Johanna war es tatsächlich wie ein Wunder! Von einem Tag zum andern arbeitete er konzentriert mit, störte kaum noch und zeigte, dass er sehr pfiffig und selbständig denken konnte.

So ganz allerdings traute Johanna dem Frieden nicht. Sie protokollierte nun täglich sein Verhalten. Wenn er sich gut benahm, malte sie ihm drei Smileys in sein Mitteilungsheft, andernfalls weniger oder gar keine.

Damit wurde seine Mutter informiert, die sich von Zeit zu Zeit mit dem psychologischen Beratungsdienst und auch mit der Ärztin der Kinderpsychiatrie beriet.

Johannas Unterricht begann jeden Morgen mit einem Lied. *„Wir werden immer größer!"*, sangen alle mit wachsender Begeisterung und sie streckten und reckten sich dabei. Oder sie schmetterten *„Bruder Jakob, schläfst du noch?"*

Die Kinder konnten den Kanon auch auf russisch und auf türkisch. Nicht alle hatten deutsche Wurzeln, und ein kleines Lied in ihrer Muttersprache machte sie glücklich.

Das Schöne war, Johanna konnte nach Belieben aussuchen, was den Kindern und auch ihr Spaß machte.

Manchmal durchströmte sie geradezu ein Glücksgefühl. Dann, wenn sie merkte, dass „ihre" Kinder gern zur Schule gingen. Das kam gelegentlich vor, – davon zehrte sie.

Eigentlich hatte jedes Schulfach seine Reize, mal mehr und mal weniger. Aber am meisten freuten sich die Kolibris auf das Schwimmen. Einmal wöchentlich fuhren sie zur Schwimmhalle.

Der Unterricht wurde von 2 Lehrerinnen erteilt: Eine übernahm gewöhnlich die Nichtschwimmer und ihre Kollegin die Kinder, die schon das Seepferdchen hatten.

Das Springen vom Sprungbrett war ganz besonders beliebt. Und die Bauchklatscher und Arschbomben vom Beckenrand bereiteten allen ein riesiges Vergnügen!

Ich war Marit in der Stadt begegnet und hätte sie fast nicht erkannt. Sie war sehr abgemagert. Nun konnte ich verstehen, dass Johanna sich Sorgen machte.

Johanna hatte mir immer wieder mal von ihrer Tochter und ihrem übertriebenen Schlankheitswahn erzählt, aber dass es so schlimm um sie stand, hatte ich nicht geahnt.

Am Abend rief ich sie an: *„Sag mal, was ist mit deiner Tochter los?"* Johanna stieß weinend hervor*: „Ich habe alles versucht, ich habe sie angefleht, aber dieses Mädchen bleibt stur und hungert sich noch zu Tode!"*

Der Hausarzt hatte ihr gerade mitgeteilt, ihre Tochter müsste in die Klinik, auf eine Station für Magersüchtige. Ihr Zustand sei besorgniserregend! Aber Marit wollte in keine Klinik ...

Johanna hatte sich früher immer ausgesprochen gut mit ihrer Tochter verstanden, sie war doch ihr ein und alles. Es gab nichts auf der Welt, was für Johanna wichtiger war als ihre Marit. Und nun das !

Die Angst um ihre Tochter nahm sie sichtlich mit. So dünnhäutig und reizbar wie in dieser Zeit hatte ich sie noch nie erlebt.

Ende Januar kam Dr. Krüger, unser Tierarzt, zu Einstein. Er war kein geduldiger Patient. Bei jeder kleinen Untersuchung fing er an zu zittern, manchmal knurrte er auch.

Diesmal mussten seine Wolfskrallen geschnitten werden. Der Tierarzt kniete sich dazu auf den Teppich, Einstein grollte unheilvoll und jammerte schließlich durchdringend. Aus Angst davor, es könnte vielleicht wehtun – das nahm ich zumindest an.

Danach wurde sein verklebter Penis untersucht, der mir in der letzten Zeit viel Sorgen gemacht hatte. Ich fürchtete, er sei völlig zugekleistert und kaum noch durchlässig.

Dr. Krüger säuberte und behandelte ihn mit einem Antibiotikum. *„Die Vorhaut ist entzündet und das tut gemein weh!"*, informierte er mich.

Ein Glück, dass er Hausbesuche machte, - das war nicht gerade üblich. Normalerweise hätten wir unsern schwergewichtigen und widerspenstigen Einstein ins Auto heben, zur Praxis fahren und ihn dort wieder mühselig aus dem Auto hieven müssen.

Einstein mochte das nicht, es tat ihm weh und er ärgerte sich über seine Hilflosigkeit – über diese schmerzhafte Arthrose, die ihn immer stärker behinderte.

Zum Glück gab es in Johannas Klasse ja noch die anderen, die süßen „Pflegeleichten" und die gut Erzogenen. Dazu gehörten fast alle Mädchen, aber auch zum Beispiel Ben, ein freundlicher türkischer Junge. Er hielt sich immer an die Regeln, störte nie, war ordentlich und fleißig. Ähnlich wie Anton und Sebastian.

Auch an Peggy hatte Johanna viel Freude. Sie war ein Kind, das jedem auffiel. Nicht allein wegen seiner erschütternden Krankengeschichte. Peggy war schon mit drei Jahren an Leukämie erkrankt, und hatte damals unsägliche Schmerzen und auch Ängste in verschiedenen Krankenhäusern durchlitten.

Nun aber war sie – hoffentlich nicht auf Abruf - wieder gesund. Allerdings schien sie gezeichnet von einer Zeit, in der man sie verständlicherweise verwöhnt hatte und in der sie es gewohnt war, im Mittelpunkt zu stehen. Sie hatte sich damals einen reichhaltigen Erwachsenenwortschatz angeeignet.

Ihre Haare - unlängst noch ausgefallen – wuchsen vorerst nur spärlich. Aber keiner in Johannas Klasse war so temperamentvoll, von keinem Kind ging so viel Vitalität aus, wie von ihr. Und auch nicht solch ein herzerwärmender Witz !

Ihre Fragen und unverblümten Meinungen rief sie nach wie vor meistens in die Klasse. Es fiel ihr schwer, sich zu melden und zu warten, bis sie drankam.

Und wenn sie das mal geschafft hatte, war ihr oftmals entfallen, was sie eigentlich hatte sagen wollen.

Ganz vorn in der ersten Reihe saß Clara! Sie sah aus wie ein kleiner Engel. Johanna war sie schon beim Einschulungsgottesdienst aufgefallen. Blauäugig, blonder Pferdeschwanz, feine Gesichtszüge. Sie war sehr brav und fleißig, immer aufmerksam und wissbegierig. Allerdings machte Uwe auch ihr das Leben schwer. Kürzlich hatte er ihr einfach die Hose runter gezogen.

Keiner kam mit Uwe klar. Keiner aus der Klasse und auch kein einziger Lehrer. Er war immer allein und suchte Kontakte, indem er andere ärgerte.

Wenn sich die Gelegenheit bot, schubste er seine Mitschüler die Treppe runter. Und die bot sich ziemlich oft! Meist ging das glücklicherweise glimpflich aus, manchmal aber gab es auch Verletzte und höllisches Geschrei und Riesenärger. Uwe bestritt jedes Mal seine Schuld. *„Das war ich nicht!"*, versicherte er immer wieder. Allerdings gab es Zeugen, - jeder wusste, dass er log.

Manche Lehrer übersahen das geflissentlich – aus Bequemlichkeit oder weil sie einfach zu erschöpft waren. Andere nahmen ihn zur Seite und redeten auf ihn ein, manche bestraften ihn auch. Er spuckte dann auf den Fußboden und bedachte sie mit den übelsten Schimpfwörtern. Nichts schien ihn zu beeindrucken.

Allerdings aber doch dies: Wenn empörte Mitschüler auf dem Schulhof über ihn herfielen und ihn in einer unbeaufsichtigten Ecke verdroschen.

Meist so, dass er danach mehrere Tage zu Hause blieb.

Nachmittags saß Johanna lange an den Stundenvorbereitungen. Jeder sollte bei ihr etwas lernen und möglichst Spaß dabei haben.

In der ersten Februarwoche faltete sie 28 Hüte, für jedes Kind einen. Das machte sie gern! Ihre Schulkinder konnten sie anlässlich der Karnevalsvergnügungen anmalen und dann aufsetzen. Auf den 23. Februar freuten sich schon alle, denn da war Rosenmontag und schulfrei! Viele schauten dann bei Karnevalsumzügen zu und ergatterten Süßigkeiten und allerlei kleine ‚Give aways', die ihnen von den geschmückten Wagen zugeworfen wurden.

Am Tag danach, dem Faschingsdienstag, feierten die Lehrer mit ihren Schulkindern Karneval. Aschermittwoch schließlich war leider alles vorbei und es regnete. Keiner hatte an diesem Mittwoch Lust auf Schule, auch nicht Matthias. Er kippelte mit dem Stuhl, bis er umfiel, klapperte mit seinen Stiften, passte nicht auf... *„Niemand ist vollkommen, jeder hat mal einen schlechten Tag"*, sagte sich Johanna. Seit einiger Zeit war sein Sprachbuch verschwunden. Johanna gab ihm nun ein ‚Ersatzbuch', damit er wenigstens die Hausaufgaben machen konnte.

Auf dem Weg von der Turnhalle zurück zur Schule stritt er sich mit Sylvester. Einer beschimpfte den anderen, darauf zog Matthias Sylvester an den Haaren. So sehr, dass der laut aufheulte und bitterlich weinte. Er behauptete, Matthias hätte ihm richtige Haarbüschel rausgerissen.

Johannas Tochter fastete weiterhin und ihre Haare hatten allen Glanz verloren. Das Schlimmste war, sie stank mittlerweile aus dem Mund. Das war ihren Klassenkameraden verständlicherweise unangenehm, und darum mieden sie den Kontakt mit ihr. Zumindest gingen sie einige Schritte zurück, wenn sie sich ihnen näherte.

Petra, Ihre beste Freundin, fasste sich schließlich ein Herz und sprach mit ihr darüber. *„Du hast scheußlichen Mundgeruch! Das kriegt man, wenn man längere Zeit nichts isst!"*, waren ihre unverblümten Worte.

Marit hatte das selber noch gar nicht gemerkt. Es war ihr peinlich und sie bemühte sich, die Luft anzuhalten, wenn jemand in ihre Nähe kam.

Mittlerweile kam sie nur noch mit Mühe die Treppen rauf, ihr wurde oft schwindlig und sie fror sogar nachts im Bett.

Obendrein fiel es ihr zunehmend schwer, Gelerntes zu behalten. Manchmal musste sie einen Satz dreimal lesen, bis sie ihn überhaupt verstanden hatte, und danach vergaß sie ihn gleich wieder.

Es wurde immer schlimmer – Konzentrationsfähigkeit und Gedächtnis funktionierten nicht mehr wie früher. Was durch die Noten ihrer Klassenarbeiten bestätigt wurde.

Solch eine Blamage, das machte ihr nun doch sehr zu schaffen!

Ende Februar schneite es und es wurde noch einmal sehr kalt! Ich ging nur nach draußen, wenn es unumgänglich war. Stattdessen saß ich neuerdings in jeder freien Minute an meinem neuen Laptop – den hatte mir Judith zum Geburtstag geschenkt . Ich war ganz begeistert von diesem technischen Wunderwerk. So klein und doch so perfekt !

Und Einstein lebte immer noch! An manchen Tagen baute er sich vor uns auf und bellte uns laut und anhaltend an. Als wollte er sagen: *„Euer Glück, dass ihr mich nicht eingeschläfert habt!*" Dabei wedelte er schwungvoll mit seinem schönen Schweif.

Am Vormittag schlief er gewöhnlich im Badezimmer, und ich konnte, ohne ihn zu stören, ganz in seiner Nähe Tasten drücken. Allerdings war ich oft müde, da Einstein nachts viel stöhnte und unschlüssig umherlief ...

Wenn wir ihn dann vor die Tür ließen, kam er erst mal lange Zeit nicht wieder, weil er doch den Schnee so liebte. Er legte sich draußen einfach hinein und war dann nicht bereit, wieder aufzustehen. Mitten in der Nacht...

Im Küchenschrank hatte ich für ihn reihenweise polnische Rindfleischdosen gestapelt. Darin war das Fleisch, das er bevorzugte und in dem man ihm problemlos seine Tabletten unterjubeln konnte!

Nach und nach wurden es weniger, schließlich war die letzte Dose aufgebraucht und ich fuhr los, um neue zu besorgen.

Aber in meinem Stammgeschäft waren sie restlos ausverkauft und auch in anderen konnte ich sie nicht finden. Einsteins Medizin wurde von da an in Fleischresten oder auch einfachem Dosenfutter für Hunde versteckt.

Aber das ging jedes Mal schief. Er fraß drum herum und ließ die Tabletten übrig. Das billige Dosenfutter rührte er erst gar nicht an. Er war nicht zu bewegen, es wenigstens mal zu probieren. Mehrere Tage ging das so...

Es dauerte nicht lange und sein Zustand verschlechterte sich dramatisch, es war ein Jammer! Wild entschlossen ging ich nun erneut auf die Suche nach diesen polnischen Dosen.

Es bedrückte mich zwar, dass ich als Vegetarierin Fleisch einkaufte – aber das Wohl Einsteins war mir denn doch wichtiger!

Schließlich, ich traute meinen Augen kaum, wurde ich in einem abgelegenen Tante Emmaladen aber noch fündig. Ich hätte den Verkäufer umarmen können!

Dort bekam ich auch in späteren Zeiten Nachschub. Es waren nicht immer Rindfleischdosen aus Polen, aber der Inhalt wurde zum Glück von Einstein nicht weiter beanstandet.

Im März gab es immer noch viel Schnee und glatte Straßen, manch ein Schulweg wurde für Johanna zur Rutschpartie. Sie litt mittlerweile unter Schlafstörungen und wirkte sehr mitgenommen. Die Probleme mit ihrer Klasse, vor allem aber die Sorge um ihre magersüchtige Tochter belasteten sie sehr.

Die Zeit zwischen den Weihnachts- und Osterferien war zermürbend für sie. Den Schuldienst verrichtete sie weiterhin pflichtbewusst, allerdings schien sie am Ende ihrer Kräfte zu sein.

Selten einmal verlief im Unterricht alles reibungslos.... Auch für die Kinder war die Schule ganz schön anstrengend. Je näher die die Ferien rückten, umso unruhiger und gereizter wurden sie.

„*Sylvester hat mich in der Pause mehrmals angerülpst,* " beschwerte sich Erika.

„*Aber Erika hat das auch gemacht,* " konterte dieser.

„*Du hast mich zuerst angerülpst!*" Erika ließ sich so schnell nichts gefallen.

Einmal, als Johanna wieder einmal Pausenaufsicht hatte, wurde sie Zeuge, wie Matthias eine Glasflasche, die er wer weiß wo gefunden hatte, an einer Mauer zerschlug, – einfach so! Tausend Scherben – so etwas hätte Johanna ihm nicht zugetraut.

„*Was ist nur los mit ihm?*", fragte sie sich. Sie knöpfte ihn sich vor, versuchte herauszukriegen, warum er das getan hatte. Aber vergeblich ...

Auch andere schienen verquer an diesem Tag.
Peggy konnte sich nach der Pause so gar nicht konzentrieren. Freundliche Aufforderungen, im Unterricht mitzuarbeiten, überhörte sie.

Stattdessen marschierte sie zu ihrem Körbchen, entnahm ihm ihre 12 dicken Buntstifte und sortierte sie immer wieder neu auf dem Tisch. Dann schaute sie lange aus dem Fenster. Plötzlich rief sie: *„ Oh, ein Vogel !"*

Taiwan redete währenddessen immerzu mit seinen Nachbarn, spitzte dabei seine Stifte an und ließ, wie so oft, die Abfälle einfach auf den Boden fallen. Im Sportunterricht stand er nie mit im Kreis, sondern pendelte hin und her oder rannte durch die Gegend.

Als Johanna mittags nach Hause kam, stand Marit in der Küche und briet sich Spiegeleier. Ihrer Mutter war völlig überrascht und rief: *„Nanu, was machst du denn da?"*

So etwas hatte ihre Tochter lange nicht mehr gemacht. *„Siehst du doch!"*, war deren knappe Antwort. Sie schien tatsächlich beschlossen zu haben, wieder richtig zu essen.

Nach und nach erfuhr Johanna den Grund zu ihrem plötzlichen Sinneswandel. In der Nacht zuvor war nämlich etwas passiert.

Plötzliche Todesangst hatte Marit ergriffen und bis ins Mark erschüttert. Es waren die schlimmsten Minuten ihres Lebens.

Sie zitterte am ganzen Körper und spürte, sie war eindeutig an ihre Grenzen gekommen. Diese panische Angst brachte die Wende – von einem Tag zum andern.

„Das geht keinen was an! Bitte versprich mir, es für Dich zu behalten!", sagte Marit.

Johanna konnte es erst gar nicht glauben. Sie fiel ihrer Tochter um den Hals und musste auf einmal weinen. Erlöst von ihren Sorgen und der entsetzlichen Angst um ihr geliebtes Kind, die sie in der letzten Zeit gequält hatte ….

Ihr fiel ein zentnerschwerer Stein vom Herzen und allmählich löste sich die monatelange Anspannung.

Kurze Zeit später erfuhr ich davon. Das war nun endlich mal eine gute Nachricht.

„Hast du es tatsächlich geschafft, deine Tochter zu überreden?", fragte ich Johanna.

„O nein, das hatte ich ja längst aufgegeben."

„Aber irgendeinen Grund gibt es doch wohl!", bohrte ich weiter.

„Muss man ihn denn kennen? Hauptsache, das Kind isst endlich wieder vernünftig."

Gut, dass es regelmäßig ein Wochenende gab, für Schüler und Lehrer. Johanna und ihre Tochter genossen es, ohne den sonst üblichen Zeitdruck aufzustehen, ausgiebig zu duschen und dann zusammen zu frühstücken.

Marit beschmierte sich ein Brötchen mit Butter und Honig und verzehrte es genüsslich. Danach noch eins .... und noch eins!

Wie schön es bei ihnen war! Vor dem Haus blühten Krokusse in wunderbar leuchtenden Farben. Jedes Jahr kämpften sie sich aufs Neue durch die Erde, auf einmal waren sie da.

„Bald haben wir es geschafft, am 5. April gibt es Osterferien!", sagte Johanna. Die hatte sie dringend nötig.

Am Nachmittag große Freude: Die Kraniche zogen vorbei, diesmal in Richtung Norden. Marit hatte sie zuerst entdeckt und ihre Mutter gerufen. Jedes Jahr dasselbe Naturereignis, es war schon beeindruckend.

Johanna ging es wie mir, auch sie hörte ihre sehnsüchtigen Rufe immer wieder gern – wie sie sie liebte, diese tollen Weltenbummler.

„ Die sehen mit Sicherheit mehr als unsereins", rief sie Marit zu.

Ihr Glücksgefühl war allerdings kurz darauf wieder dahin, als sie neben den Krokussen einen traurigen Berg Amselfedern entdeckte.

„ So ist die Natur eben! Fressen und gefressen werden, scheußlich", sagte Marit. Da machte sie sich nichts vor, das Leben war ein Kampf. Auch für sie selber hatte es nicht gerade leicht.

Nachdem sie ihre Hungerei abgebrochen hatte, war sie davon ausgegangen, alsbald wieder voll leistungsfähig zu sein. Bei ihr musste immer alles ruck zuck gehen. Aber das klappte in der Folgezeit dann doch nicht so richtig. Ihr Körper rebellierte, sie bekam regelrechte Fressanfälle.

Dann schaufelte sie alles Mögliche in großen Mengen in sich rein. Vorbei war es mit ihrer Selbstdisziplin! Das, was ihr zuvor lange Zeit gelungen war - ihren Appetit zu ignorieren - gelang ihr nun nicht mehr.

Es war Anfang April - strahlend blauer Himmel! Das schöne Wetter passte ganz und gar nicht zu meiner Stimmung.

Mirko hatte nämlich den Tierarzt bestellt, er sollte Einstein von seinen Qualen erlösen. Er schien unerträgliche Schmerzen zu haben.

Der Arme lag stundenlang im Haus herum und wartete, wartete, wartete ... worauf? Vielleicht auf die nächste Mahlzeit und ein paar Streicheleinheiten. Nichts sonst. Eines war leider klar, es konnte nur noch schlimmer werden.

Er konnte keine Spaziergänge mehr machen – eigentlich war er ein Pflegefall. Und weil die Zeit so gar nicht verging, leckte er unermüdlich an seinen Pfoten, wohl um sich zu trösten.

Es war Zeit, ihn zu erlösen.

Nach der Untersuchung, bei der Einstein zitterte wie Espenlaub, bestand Dr. Krüger zu unserem Erstaunen darauf, ihn noch eine Weile leben zu lassen.

Möglicherweise, weil er spürte, wie schwer uns der Abschied von unseren Hund fallen würde?

Er behauptete, Einstein hätte nur beim Laufen Schmerzen, und dagegen gäbe es ja Medikamente.

Ich war mir da nicht so sicher. Schließlich ging es ihm ja nachts im Liegen oft nicht gut.

Er bekam nun mehrmals am Tag Rimadyl, Tramadol, Prednisolon und auch Cortison.

Ob das wirklich helfen würde? Wir waren skeptisch, aber natürlich sehr erleichtert, dass der Kelch an unserem Liebling noch einmal vorbei gegangen war.

Leider ging es ihm an den folgenden Tagen aber nicht besser – trotz der vielen Medikamente. Im Gegenteil, es wurde schlimmer. Jeder Schritt, jede Bewegung war für ihn eine Qual.

Noch mehr Tabletten geben - oder einschläfern !???
Tod oder Leben, welch folgenschwere Entscheidung .....
fürchterlich war das.

Am Montagabend, dem 5. April, konnte er kaum noch aufstehen. Mit unendlich viel Mühe humpelte er dann ins Schlafzimmer. Mirko und Winnie konnten es nicht mehr mit ansehen.

Nach draußen zum Pinkeln schaffte er es nicht mehr.

Am nächsten Tag war es dann soweit, - Einstein wurde endlich erlöst. Morgens hatte er noch vergeblich versucht, aufzustehen ... Daraufhin riefen wir den Tierarzt und diesmal war er dafür, unseren Liebling zu erlösen.

Als Einstein die Spritze bekam, knurrte er nur leise.

Dienstag, 6. April 2004

Jetzt schläft Einstein in unserem Wald, wir haben ihn dort begraben. Johanna war auch dabei, sie hat gerade Osterferien. Als wir sein Grab zugeschaufelt hatten, spielte sie auf ihrer Querflöte: „Ich hatt' einen Kameraden!" So gerührt war ich lange nicht. Ich weiß, das klingt kitschig, aber außer uns hat es ja niemand gehört.

Mein Liebling, ach wo bist du geblieben?
Ich vermisse dich. Deine Gemütlichkeit, deine Wärme, Treuherzigkeit .....

Abends, wenn ich das Abendessen vorbereite, liegt er nicht mehr erwartungsvoll im Esszimmer. Seine Lieblingsplätze sind leer ... und das schmerzt.

Ich könnte viele Seiten füllen mit wehmütigen Erinnerungen. Wie gern hörte ich ihn Wasser trinken, durch die Zimmer tapsen ...

Wie gern hatte ich ihn in meiner Nähe und mich mit ihm unterhalten. Seine wunderbaren Augen – sie strahlten vor Glück und Lebenslust!

Es riecht noch bei uns nach ihm – diesen Geruch mag ich lieber als jedes Parfüm. Er hängt im ganzen Haus, hoffentlich noch lange.
Jedes Mal, wenn ich jetzt zur Haustür reinkomme, denke ich: Da ist jemand, der mich freudig begrüßt!
Und wie oft sage ich mir, es ist wie ein Reflex: Beeil dich, Einstein ist allein und wartet schon.

Am ersten Tag nach den Osterferien hatte Johanna Pausenaufsicht auf dem Schulhof zusammen mit Kollegin Christa Schröder.

Ein Junge, es war Manuel, saß oben auf der Mauer, - wie jeder wusste, war das streng verboten. Christa, mit Hut und grell bemalten Lippen, schrie ihn an: *„Mach, dass du da runter kommst!"*

Manuel spuckte gehässig nach ihr und fragte: *„ Warum, Oma?"* Dann sprang er herunter und rannte wie ein Wiesel davon.

Christa kochte vor Wut und sorgte anschließend dafür, dass er in den Pausen eine Woche lang eingesperrt wurde. Im Lehrerkollegium war sie nicht sonderlich beliebt. Sie war überheblich und wusste immer alles besser. Die Kinder nannten sie „die Ziege".

Am Nachmittag saß Johanna lange an den Unterrichtsvorbereitungen. Sie umrandete 375 Blüten auf Arbeitsblättern mit einem leuchtend roten Stift, der besseren Verständlichkeit halber.

Hiermit sollten ihre Schulkinder das Addieren üben und sich gleichzeitig mit dem Zehnerübergang vertraut machen.

Sie bemühte sich immer um möglichst anschauliche Rechenschritte, - damit auch die Schwächeren es verstanden.

Anschließend packte sie alles Mögliche in ihr Auto.

Das waren ihre dicke Schultasche, zwei Hüpfbälle für die Pausen und verschiedene Utensilien zur Einführung von dem Buchstaben „P".

Damit das auch Spaß machte und sich besser einprägte, wollte sie Popcorns in der Klasse brutzeln. Wenn die dann explodierten und gegen den Deckel knallten, würde jedes Kind das Plopp mit dem „P" deutlich hören!

Die darauf folgende Woche wurde wieder anstrengend, die Kinder waren oft unkonzentriert und sehr unruhig. Julia brauchte ein neues Schreibheft. Sie sagte: *„Ich kann kein neues kaufen, weil wir bauen und dafür kein Geld haben!"*

Uwe kam öfter eine ganze Stunde zu spät, - alle waren enttäuscht, wenn er dann doch noch erschien. Von der Schulleitung hatte Johanna jetzt immerhin die Erlaubnis, ihn an seinen ärgsten ‚Krisentagen' nach Hause zu schicken.

Aber es gab auch ab und zu erfreuliche Momente.
Eines Morgens kam Sebastian freudestrahlend zu Johanna gerannt und rief stolz: *„Mein Zahn ist draußen, hier ist er."* Er hielt ihn hoch, wickelte ihn dann sorgsam in sein Taschentuch und verstaute ihn in seiner Hosentasche.

„Den hebe ich auf!", versicherte er ihr. Sebastian war ein süßer kleiner Kerl. Mehrere Kinder in der Klasse hatten schon Milchzähne verloren und ein paar Zahnlücken. Bei ihnen sah das witzig und richtig niedlich aus.

Seit mehreren Wochen gab Johanna einigen Schülern aus ihrer Klasse Flötenunterricht. Der war freiwillig, es nahmen nur fünf Kinder daran teil.

Nach anfänglichen Schwierigkeiten – manche hatten Mühe, die Löcher der Blockflöte mit ihren kleinen Fingern abzudecken – freuten sich alle auf diese Stunde. Sie übten fleißig und waren mit Eifer dabei.

Inzwischen hatten sie schon drei Töne gelernt und spielten damit kleine Melodien. Als Johanna sie dazu auf dem Klavier begleitete, waren sie begeistert.

Ein paar Monate später konnten sie einfache Weihnachtslieder spielen. Eine Schülerin, es war Olga, nahm in den Ferien Flöte und Noten mit nach Kasachstan, wo sie ihre Verwandten besuchte. Dort spielte sie ihnen der Reihe nach alles vor, was sie bisher gelernt hatte.

Ende April bekam Johanna eine starke Erkältung, sie ging aber trotzdem weiterhin zur Schule. Nach ein paar Tagen hatte sie allerdings plötzlich keine Stimme mehr. Sie bekam einfach keinen Laut heraus und versuchte, im Flüsterton zu unterrichteten.

Daraufhin fingen die Kolibris auch an, zu flüstern. Mit einem Mal waren sie alle still und bemüht, Johanna alles recht zu machen. Es wurde trotzdem ein anstrengender Tag für sie. Für den Rest der Woche blieb sie dann zu Hause.

Ein neuer Lebensabschnitt hatte nun also für uns begonnen – der ohne Einstein...

Bei den anderen Tieren gab es weiterhin viel zu tun. Lucy bekam zwangsläufig den häufigsten Besuch, da sie ja in der Küche wohnte.

Sie stellte viel an und machte nach Kräften alles kaputt, was nicht niet - und nagelfest war. Wir mochten sie ja aber nicht unentwegt in ihren Käfig sperren!

Schon morgens, wenn wir frühstückten, sorgte sie für Unterhaltung. Dann wollte sie dabei sein und versuchte, sich durch die – von mir verbarrikadierte - Durchreiche zwischen Küche und Esszimmer hindurchzuarbeiten.

Manchmal gelang es ihr. Plötzlich landete sie dann auf dem Frühstückstisch, zwischen Kaffeetassen und Honigbrötchen!

Am 9. Mai war Muttertag - eigentlich war mir der immer peinlich. Ich freute mich über meine Kinder, - dass es sie gab, war wahrhaftig Geschenk genug für mich!

Ich liebte sie natürlich bedingungslos, ohne irgendwelche Gegenforderungen. Die beiden waren ja das Wunderbarste auf der Welt!

Judith schenkte mir trotzdem meistens etwas, - diesmal war es ein Gutschein für ein Wellness - Wochenende. Kolja beglückte mich mit einem lieben Telefonanruf aus der Ferne.

Wie an jedem Nachmittag sah ich nach der kleinen Hinkelotta, unserer Henne mit einem verkrüppelten Bein.
Ihr galt meine Zuneigung ganz besonders. Sie war nicht so schnell wie die andern, denn sie musste ja humpeln. Manches Mal bekam sie nur noch die letzten Körner ab.

Heute fehlte sie... Ich machte mich auf die Suche nach ihr. Bei den anderen Hennen war sie nicht und auch nicht im Stall. In mir kroch die Angst hoch, ihr könnte was passiert sein. Gerade als ich anfing, um sie zu trauern, war sie plötzlich wieder da. Diese Freude !

Leider währte diese Freude nicht mehr lange.
Wenige Wochen später holte sich ein Fuchs die kleine Hinkelotta. Zurückgeblieben waren nur ein paar Federn.

Von Johanna erfuhr ich regelmäßig das Neueste aus der Schule. Eines Tages, als sie die Tür zu ihrer Klasse aufschließen wollte, ging der Schlüssel nicht ins Schloss.

„Jemand hatte da Kleber reingespritzt!", erzählte sie.
Zum Glück war der Hausmeister in der Nähe und erfahren darin, auch solcherlei Pannen zu beheben. Er reinigte das Schloss mit einer Speziallösung, gerade noch rechtzeitig vor dem ersten Klingeln.

Kaum waren die Kinder in der Klasse, gab es neue Probleme – Probleme mit Uwe. Er haute unentwegt mit seinem Lineal auf dem Tisch herum. Georg, sein Nachbar, schimpfte: „Lass das sein, Uwe!"
Wenig später schrie er auf, so laut und durchdringend,

dass die Kollegin von nebenan in die Klasse stürzte, um nach dem Rechten zu sehen. Uwe hatte Georg in die Hand gebissen, einfach so!
Solch einen Schüler habe ich früher nie gehabt ...

An Johannas Stelle hätte ich längst die Nerven verloren. In den Wochen vor den Sommerferien hatte Johanna viel zu tun. Dann brütete sie über Formulierungen für die ersten Zeugnisse. Sie fing damit immer früh an – denn es war wirklich viel Arbeit. Sie wollte ja jedem Kind gerecht werden!

Die Kleinen bekamen noch keine Zensuren, sondern stattdessen sensible, ausführliche Umschreibungen dafür mit wohl abgewogenen Worten.

Dabei ging es nicht einfach nur um den Gesamteindruck mit ein paar Sätzen, o nein! Jedes Zeugnis setzte sich aus vielerlei Mosaiksteinen zusammen, die jeder Lehrer im Laufe des Schuljahres notiert hatte. Natürlich gaben sich nicht alle gleich viel Mühe damit. Aber Johanna gehörte zu den Gewissenhaften und saß stundenlang daran.

Das Arbeits- und Sozialverhalten der Schüler zu beurteilen, fiel ihr normalerweise leicht. Aber gerechte Aussagen über Lernentwicklung und Leistungsstand in den Fächern zu machen und diese jeweils zu begründen, war gar nicht immer einfach.

Las Peggy sinnentnehmend oder gar sinngestaltend? Konnte Olaf einfache Wörter schon weitgehend fehlerlos oder nur lautgetreu schreiben? Oder wenigstens annähernd lautgetreu?

Johannas Tochter war inzwischen wieder zu Kräften gekommen. Ihr wurde nicht mehr schwindelig, das Treppensteigen fiel ihr nun nicht mehr schwer und auch in der Schule zeigte sie bald wieder gute Leistungen.

Allerdings wurde sie zu ihrem Kummer zunehmend dicker. Mit der unausweichlichen Folge, dass ihre Sachen zu eng wurden, - es war nicht zu übersehen!

Immer wieder bekam sie Heißhunger und aß dann viel zu viel. Anschließend hatte sie Bauchschmerzen und schämte sich. Das Pendel, das ihr Essverhalten steuerte, war in die andere Richtung ausgeschlagen...

Sie litt sehr darunter und versuchte, weniger zu essen. Aber damit war sie überfordert. Es dauerte noch einige qualvolle Monate, bis sie ihr Gleichgewicht wieder hatte.

Alsbald zeigte sie sich nur noch in ihrem Parker, der ihre Konturen leidlich verdeckte. Ihrer Mutter entging das natürlich nicht, aber sie hatte Verständnis dafür.

Ein Arzt versicherte ihr: *„Diese Fressattacken sind eine normale Reaktion, das wird sich irgendwann wieder einpendeln!"* Also war sie zuversichtlich und hoffte, ihre Tochter würde diese schwierige Zeit bald überstanden haben.

Marit behielt den Parka auch immer während des Unterrichts an. *„ Meinen Anblick kann ich doch keinem zumuten!"*, erklärte sie ihrer Freundin Petra. Sie hatte gefragt: *„Warum ziehst du den Mantel denn nicht aus?"*

Auch noch im Juli lief sie in diesem Kleidungsstück herum und schwitzte. Am liebsten hätte sie sich verkrochen. Sie fühlte sich überhaupt nicht wohl und vor allem war es ihr furchtbar peinlich, dass sie so aus dem Leim gegangen war.

Johanna flog mit ihr in den Sommerferien für mehrere Wochen nach El Hierro. Sie waren früher schon einmal dort gewesen, und sie liebten diese Insel. Dahin verirrten sich selten einmal Urlauber, - ideal für Naturliebhaber und Ruhesuchende.

Genau das Richtige in diesem Sommer für Johanna und ihre Tochter.

Sie mieteten sich ein in „CASA MARIO", einem kleinen Ferienhaus. Es war umgeben von einer Steinmauer, auf der sich tagsüber Eidechsen sonnten.

Von dem Balkon aus konnte man direkt aufs Meer sehen - man hatte ungestörte Sicht bis hin zum Horizont. *„Wie am Ende der Welt!"*, dachte Johanna.

In der Nähe gab es eine Badebucht mit einem kleinen Streifen Strand. Dort legten sie sich faul in die Sonne, und wenn es zu heiß wurde, stürzten sie sich in den Atlantik.

Viel Zeit verbrachten sie außerdem auf dem Balkon in Hängematten, ließen sich von der milden Luft umstreichen und genossen die Stille. Allein die Brandung des Meeres war zu hören...

Gelegentlich unternahmen sie Wanderungen.
Auf weiten Strecken begegneten sie kaum einer Menschenseele, ab und zu kamen sie an Ziegen- und Schafherden vorbei.

Die Insel war voller landschaftlicher Überraschungen – übersät mit Vulkanen, mit Erhebungen von über 1000 Metern. Schroffe Steilwände ragten fast senkrecht aus dem Meer empor.

An steinigen Berghängen wuchsen Kakteen, kugelige, stachlige Wüstenbewohner ... und Dickblattgewächse mit vielen kleinen Rosetten. Johanna und auch Marit waren fasziniert von der erstaunlichen Formenvielfalt dieser Pflanzen – jede ein kleines Kunstwerk!

Sie nahmen sich später eine davon mit nach Hause, wo sie einen Hauch von Wüstenflair verbreiteten und prächtig gediehen.

Marit hatte vor, in ihrem Urlaub einige Pfunde abzunehmen und bemühte sich, maßvoll zu essen. Das hielt sie aber nur selten einmal durch, es war ein Kampf gegen Windmühlen! Immer wieder überkamen sie Fressattacken und dann stopfte sie wahllos alles wie ein Müllschlucker in sich hinein.

„Es ist doch verrückt! Ich esse immer weiter, auch wenn ich längst satt bin, " stöhnte sie. Sie war unzufrieden mit sich und sehr unglücklich.

Johanna versuchte, ihr Mut zu machen. *„Du hast Raubbau mit deinem Körper betrieben, und das hat er wohl noch nicht vergessen.* "
Ihre Tochter runzelte die Stirn und schwieg daraufhin.

„Du musst Geduld haben, Marit!", sagte Johanna schließlich. Und dann wiederholte sie Worte ihres Arztes: *„Diese Fressattacken sind eine normale Reaktion. Das wird sich irgendwann wieder einpendeln!"*

„Wann ist irgendwann?", fragte sich Marit.

In der letzten Ferienwoche wurde es sehr heiß auf Hierro. Das lag an dem heißen Wüstenwind, der von Afrika herüberwehte. Zum Glück konnten sie sich im Atlantik abkühlen, mehrmals am Tag flüchteten sie ins Wasser.

Die Nächte brachten kaum Abkühlung, das Thermometer fiel auch da nicht unter 40 Grad. Marit war, als müsste sie ersticken. *„Deck dich mit nassen Handtüchern zu!"*, riet ihr Johanna. Und tatsächlich, es half!

Sie hatten sich vorsorglich mit Getränken eingedeckt. Eines Tages explodierte aus heiterem Himmel eine Coca-Colaflasche, Johanna stand direkt daneben. Eine Glasscherbe flog mit Wucht gegen ihr Bein und hinterließ eine klaffende Wunde, die stark blutete. Darauf war sie nun wirklich nicht vorbereitet!

Marit drückte Taschentücher dagegen, die allerdings schnell blutgetränkt waren und tropften. Letztendlich wurde dann die Wunde im Krankenhaus von Valverde, der Hauptstadt von El Hierro, genäht ....

Mit schwarzem, dicken Zwirn, über den sich Johannas Arzt in Deutschland später wunderte.

Bei uns in Deutschland hatten wir zwar nicht unter der heißen Luft aus Afrika zu leiden, aber es war auch sehr warm! Das Quecksilber kletterte sogar noch Anfang September auf sommerliche 28 Grad Celsius.

Ich fuhr am Morgen zur Talsperre, wie fast täglich in den letzten Wochen. Ich hätte mich gefreut, wenn Mirko einmal mitgekommen wäre. Er hatte keine Zeit, fand er. Und dabei dauerte die Badeaktion doch nur eine halbe Stunde.

Es war wieder traumhaft schön - weiche warme Luft, keine Wolke am Himmel. Diesmal war ich später dran als sonst und erwischte gerade noch den letzten freien Parkplatz, direkt im Schatten von einem großen Wohnmobil.

Am Ufer hatten sich schon mehrere Leute niedergelassen, einige mit Zigarette, - der Wind trieb mir ihr Ausgeatmetes direkt ins Gesicht. Das war ausgesprochen widerlich, und ich beeilte mich, ins Wasser zu kommen und lange unterzutauchen.

Als ich zurück zum Ufer schwamm, kam mir ein Hund entgegen. Offensichtlich liebte er das Wasser, er stürzte sich mit Begeisterung hinein! Hier gab es zum Glück kein Verbotsschild für Tiere.

Zu Hause wurde es später ungemütlich. Der Zahnarzt gegenüber ließ seinen verwilderten Vorgarten abholzen. Vorsorglich am Vormittag, um dem Krach zu entgehen ? Er und auch seine Frau waren abwesend.
Das Kreischen der Sägen drang durch alle Wände ...

Die Sommerferien gingen allmählich zu Ende.
Nicht aber für mich, ich hatte ja neuerdings immerzu Ferien und ich genoss das!

Ich schrieb in mein Tagebuch:

„Glück ist, wenn man wie ich Dauerferien hat!
Und wenn wieder mal sämtliche Tiere versorgt und alle Einkäufe vor Ladenschluss erledigt sind !

Und Glück ist, wenn man mittags mit einem schönen Buch auf dem Sofa liegen und lesen kann. Lesen und träumen und einschlafen.

Und wieder aufwachen und weiter lesen.... Ringsherum nichts als Friede, ach wie schön!

Glück ist natürlich auch, wenn mal was aufhört.
Zum Beispiel das Kreischen der Sägen im Garten gegenüber!

Die Ferien auf El Hierro hatten Johanna und auch ihrer Tochter gut getan. Sie kamen braungebrannt kurz vor Schulbeginn wieder zurück. Marit war allerdings noch immer ziemlich dick...

Es dauerte lange, bis ihr Essverhalten sich endgültig normalisierte. Die Abstände zwischen den Fressanfällen wurden nach und nach größer.

Es gab Zeiten, da schaffte sie es mit viel Disziplin mehrere Pfunde abzunehmen. Dann wieder gab es Rückfälle.

Nach den großen Ferien waren die Kolibris von der 1a in die 2a aufgestiegen. Abgesehen von Uwe zerrte gleich am ersten Tag Taiwan an Johannas Nerven.

Irgendetwas musste ihm über die Leber gelaufen sein. Er lief während des Unterrichts einfach in der Klasse herum und schmiss mit eigenen und fremden Dingen – Stiften, Radiergummis und ganzen Federmäppchen - um sich.

Jeder war an sein ungezügeltes Temperament gewöhnt, aber diesmal ging er zu weit. Johanna machte täglich Notizen über ihn in einem Mitteilungsheft für seine Eltern.

Waren sie positiv, bekam er von ihnen eine Belohnung. An diesem Tag aber bestimmt nicht.

In der Pause dann gab es auf dem Schulhof ein Unglück. Uwe schubste den kleinen Anton von einem 3m hohen Klettergerüst.

Er lag zunächst bewegungslos da – wie tot.
Alle waren starr vor Schreck! Dann meldeten sich die Schmerzen bei Anton und er fing bitterlich an zu weinen....

Zum Glück konnte er aber nach einer Weile wieder aufstehen. Wie es aussah, hatte er außer Prellungen und dem Schock keine Verletzungen. Welch ein Glück! Uwe stand teilnahmslos daneben, als ginge ihn das gar nichts an.

Entgegen ihrer Befürchtung hatten Johannas Kinder inzwischen deutliche Fortschritte gemacht. Einige konnten fast fließend lesen und der letzte Mathetest war gut ausgefallen.

Es überraschte mich nicht, als ich das hörte, denn Johanna war ja eine großartige Pädagogin. Ich hatte sie schon oft bewundert, - ihre Engelsgeduld und auch ihr Geschick, etwas zu erklären.

Trotz alledem war Johanna, was Uwe betraf, mit ihrem Latein am Ende.

Sie klagte mir öfter ihr Leid:„ *Uwe macht immer so viel Lärm, dass einer den andern nicht verstehen kann. Wie sollen die Kinder da überhaupt was lernen?*"

Im Oktober starb „August", unser großer, bunter Hahn an Altersschwäche. Er hatte ein langes, schönes Leben hinter sich. Plötzlich war sein Kumpel Otto aber nun allein. Er krähte hell empört, als Mirko mit dem toten August wegging und stand dann zunächst unschlüssig und verloren herum...

Schließlich trottete er zu dem alten Hundezwinger, in dem Lisa, ein Sakerfalkenmädchen, wohnte und setzte sich direkt daneben. Ich war ganz gerührt bei diesem Anblick.

Lisa

Lisa war vor Jahren als kleines Küken aus dem Nest gefallen und hatte sich dabei den Hals gebrochen.

Es war ein wirklich tragischer Unfall. Sie konnte ihren Kopf seitdem nur mühsam anheben und war leider nicht in der Lage, wie ihre Artgenossen auf Bäumen zu sitzen.

Noch am selben Tag bekam Otto dann drei kleine Hennen: Twiggy, Luise und Rebekka. Sie stammten aus Charlys Harem. Otto hat bisher nie eine Henne gehabt, so erlebte er plötzlich noch ein spätes Glück!

Am Abend, ich wollte gerade ins Bett gehen, rief Kolja an. Nicht aus Berlin, wie ich zunächst annahm, sondern aus Buenos Aires. Ich dachte erst, ich hätte mich verhört! Er drehte dort Werbe-Spots und klang sehr zufrieden mit sich und der Welt.

Noch ganz in Gedanken an meinen Sohn jenseits des Atlantiks begab ich mich schließlich ins Schlafzimmer. Da entdeckte ich direkt davor – huch ! - eine pfenniggroße Spinne. Erst dachte ich, es sei Dreck. Dann aber sah ich genauer hin ...
Ich fing sie und entließ sie (lebendig) in die Nacht.

Es war nasskalt und ungemütlich geworden. An manchen Tagen kostete es mich Überwindung, rauszugehen und das Laub zusammenzufegen.

Der Ahorn verlor jetzt seine vielen Blätter, unaufhörlich fielen sie auf den Bürgersteig vor dem Haus. Das Fegen war reinste Sisyphusarbeit!

Aber ein bisschen Bewegung an der frischen Luft tat mir ja ganz gut...

Nach den Herbstferien im November gab es für Johanna eine erfreuliche Überraschung, denn da blieb Uwes Platz eine Zeit lang leer!

Er kam in eine der Parallelklassen zu einer sehr resoluten Lehrerin. Die Schulleitung hoffte, die würde mit ihm besser klar kommen, als Johanna. Allerdings erst einmal nur auf Probe, aber immerhin! Es wurde nun gemütlich bei den Kolibris, die Kinder konnten endlich arbeiten, ohne ständig gestört zu werden.

Aber die Freude währte nur einen Monat lang.
Anfang Dezember wurde Uwes Probezeit in der Parallelklasse, die ursprünglich bis Weihnachten dauern sollte, abgebrochen. Das war nun wahrhaftig ein Schock!

Die Kollegin, die ihn in ihre Klasse aufgenommen hatte, hielt es mit ihm nicht mehr aus. *„Keinen Tag länger!"*, schrie sie entnervt. Er musste nun also wieder zurück in seine alte Klasse, zu den Kolibris - zu deren begründetem Schrecken.

Das ganze Wochenende war überschattet davon. Dass Johanna niedergeschlagen war, entging Marit natürlich nicht. *„Was ist dir denn über die Leber gelaufen?"*, erkundigte sie sich.

„Montag ist voraussichtlich die Hölle los bei uns in der Schule. Dann kommt Uwe wieder in meine Klasse! „Schönes Weihnachtsgeschenk!", seufzte Johanna.

„Warum denn jetzt schon?", fragte ihre Tochter. Johanna erzählte ihr von Uwes schief gelaufener Probezeit.

Daraufhin schüttelte Marit nur mit dem Kopf: *„Dass dieser Kleine euch so fertigmacht, meine Güte!"* Sie konnte es beim besten Willen nicht verstehen.

Mittlerweile hatte auch die Schulleitung eingesehen, dass etwas unternommen werden musste im Interesse von Uwe, und auch von Mitschülern und Lehrern.

Darum fand noch vor Weihnachten eine Klassenkonferenz statt. Mit einer Sonderschulpädagogin, Uwes Mutter, Elternvertretern, der Schulleiterin und Johanna als Klassenlehrerin.

Zu guter Letzt wurde ein Beschluss gefasst: Schulverbot für Uwe bis zum 31. Januar 2005.

In dieser Zeit sollte er in einer Psychologischen Tagesklinik ärztlich durchgecheckt und behandelt werden. Nun konnte der Sache hoffentlich auf den Grund gegangen werden, - bevor er wieder die Schule unsicher machte.

Also Ferien für Uwe bis Ende Januar! Das hatte Johanna nicht einmal zu hoffen gewagt. *„ Es kommt doch oft anders, als man denkt!"*, stellte sie erleichtert fest.

Die letzte Woche vor Weihnachten wurde dann sehr schön. Die Kolibris bastelten kleine Tischlaternen, Sterne und Tannenbaumschmuck. Sie klebten lange Ketten aus Buntpapier zusammen, die quer durch die ganze Klasse reichten.

Und sie fertigten einen Wunschzettel an, auf den sie alles malten, was sie sich wünschten. Jeder, der wollte, konnte etwas dazu erzählen.

In der Klasse duftete es nach Keksen, die Johanna zusammen mit den Kindern gebacken hatte. Und zwischendurch wurden immer wieder Weihnachtslieder gesungen - o, du fröhliche, o du selige Weihnachtszeit!

Für Florian allerdings war sie es nicht immer. Eines Tages klaute ihm jemand seine selbst gebastelte Tischlaterne, auf die er so stolz gewesen war. Den Dieb konnte er leider nicht ausfindig machen.

Er lief weinend zu Johanna und schimpfte: *„ Und dann ist bei uns auch noch das Klo verstopft!"* Er hatte es nicht leicht. Immer fehlte etwas in seinem Ranzen, immer wieder ging was schief.

Auch für Marie war das Leben nicht gerade einfach. Sie wohnte in einem kleinen Dorf, das etwa drei Kilometer von der Schule entfernt war.

Ein Bus kam nur alle paar Stunden. Um nicht warten zu müssen und auch um das Geld zu sparen, fuhr sie meistens mit dem Fahrrad.

Auf der Hinfahrt ging es vorwiegend bergab, zurück allerdings musste sie dann viel schieben. Auf dem einsamen und oft matschigen Feldweg war das nicht gerade ein Vergnügen.

An kalten Wintertagen bekam sie Frostbeulen an den Fingern, manchmal auch an den Zehen.

Johanna freute sich jeden Tag über die kleine Marie. Ihre Lieblingsfarbe war hellblau und sie ging gern zur Schule. *„Ich liebe Schule!"*, sagte sie oft. Johanna mochte ihr gemütliches Wesen, sie war durch nichts aus der Ruhe zu bringen.

Ihre Arbeiten erledigte sie recht langsam, aber gut. Sie strahlte ein herrliches Urvertrauen aus zur ganzen Welt und auch zu sich selber. Vor kurzem hatte sie ihren 8. Geburtstag gefeiert.

Es war mittags, Marie kam aus der Schule und trat ihren Heimweg an. Sie stieg auf ihr Fahrrad und fuhr damit eine kurze Strecke – solange, bis der Weg zu steil wurde. Nun musste sie schieben. Vorbei an Feldern und Wiesen, an kleinen Apfelbäumen und einem langgezogenen Schlehengebüsch.

Gerade hatte sie es erreicht, da zwängte sich plötzlich ein Mann durch die Zweige, ging auf sie zu und raunte: *„Na, Mädchen?"* Gleichzeitig griff er mit beiden Händen nach ihr.

Marie war zu Tode erschrocken und schrie: „Nein!" Dann schmiss sie ihm ihr Fahrrad gegen die Beine, riss sich los und rannte um ihr Leben.

Durch den Straßengraben, quer über den gefrorenen, unebenen Acker, immer weiter, weiter, weiter…

Bis sie nicht mehr konnte ... Da erst drehte sie sich um und sah zu ihrer Erleichterung, dass der Mann verschwunden war.
Weit und breit keine Menschenseele.

Marie war völlig außer Atem und zitterte am ganzen Körper, schließlich schleppte sie sich den Berg hinauf. Fahrrad und Schulsachen ließ sie am Schlehenbusch liegen.

Immer wieder schaute sie sich um, aus Angst, der Mann könnte sie verfolgen. Mittlerweile hätte er sie leicht überwältigen können. Sie hatte keine Kraft mehr, war restlos erledigt.

Zu Hause dann erfuhren ihre Eltern von dem Überfall und sie benachrichtigten die Polizei. Diese durchsuchte den Schlehenbusch und lud alles, was Marie dort liegengelassen hatte, ein.

Anschließend fuhr sie mit ihr und ihrem Vater die Feldwege ringsherum ab, wurde aber nicht fündig.

Seit diesem Tag graute Marie vor dem Schulweg. Ganz besonders bei den Schlehen schlug ihr jedes Mal das Herz bis zum Hals.

Bei ihr zu Hause wurde die Gefahr bagatellisiert, das Vorgefallene einfach totgeschwiegen. Schließlich war ja letztendlich nichts passiert. Die Devise in ihrer Familie lautete: *„Stell dich nicht so an!"*

Daran hielten sich alle, keiner wollte sich eine Blöße geben, Marie auch nicht. So waren ihre Schulwege fortan von Angst überschattet - sie steckte ihr lebenslänglich in den Knochen.

Das alte Jahr ging zu Ende, zwischen Weihnachten und Sylvester waren viele Leute unterwegs, um Weihnachtsgeschenke umzutauschen und Einkäufe zu machen.

Auch ich musste einiges erledigen und fuhr gleich früh am Morgen los. Unterwegs sah ich in der Dämmerung etwas Regloses am Straßenrand, möglicherweise ein verletztes Tier.

Ich flitzte vorbei, aber anschließend quälte mich das Mitleid. Vielleicht lebte das arme Geschöpf ja noch. Also kehrte ich um und sah nach. Es war - welche Erleichterung - ein kaputter Pfosten!

Mittags stand der Gerichtsvollzieher vor der Tür. Mirko erklärte ihm, die Forderungen des Klägers seien unberechtigt. Noch während er mit dem Gerichtsvollzieher verhandelte, hörte ich die Papageien schreien.

Ein Unglück kommt ja bekanntlich selten allein…

Die Vögel waren in heller Aufregung, denn ihr Gerüst aus Baumstämmen und Ästen war eingestürzt. Sie saßen nun alle erschrocken oben auf dem Schrank. Unter ihnen hatte sich im Laufe der Jahre ein Dickicht aus Ästen, vertrocknetem Laub und allen möglichen Abfällen gebildet.

Wenn man dran stieß, rieselte jede Menge Dreck runter und die Papageien regten sich auf. Jede Veränderung jagte ihnen ja Angst ein. An diesem Tag rührten sie vor lauter Schreck ihr Futter nicht mehr an.

Ich fegte erst einmal alles zusammen und sorgte nach und nach für Ordnung. Man konnte leider das Fenster bei den Vögeln nicht weit öffnen und einfach alles auf den Rasen rauskippen.

Die Gefahr, dass sie dann wegfliegen würden, war zu groß!

Also füllte ich einen Karton nach dem andern mit dem Unrat und schleppte ihn nach draußen. Das war viel Arbeit, aber für die Papageien war mir kein Opfer zu groß.

Am Nachmittag half Mirko mir, bei ihnen neue Sitzstangen zu befestigen. Über die vor dem Fenster freuten sie sich am meisten. Von dort aus verfolgten sie tagsüber mit Interesse das Geschehen am Waldrand.

Unsere Graupapageien

Ach ja, diese Papageien .... Was hatten wir nicht alles mit ihnen erlebt! Es fing mit Kiki, Judiths Graupapagei, an. Sie hatte damals gerade in einem Buch von Enyd Blyton viel Amüsantes über einen sprechenden Papagei gelesen und von da an wünschte sie sich auch so einen.
Schließlich, an ihrem 10. Geburtstag, zog Kiki bei uns ein. Er war ein Wildfang, direkt aus Afrika.

Anfangs waren Kikis Flügel gestutzt, sodass er nicht wegfliegen konnte. Darum blieb seine Käfigtür oft auf, solange einer in der Nähe war. Bei schönem Wetter kam er raus in den Garten. Kiki kletterte dann aus seinem Gefängnis und setzte sich obendrauf.

Aber eines Tages geschah das Unglück: Er flog auf einmal davon! Seine Flügel waren mittlerweile nachgewachsen und keiner hatte das gemerkt. Ich war ganz in der Nähe und traute meinen Augen nicht!

Kiki setzte sich auf den erstbesten Baum und ließ sich nicht überreden, wieder herunter zu kommen.
Meine verzweifelten Rufe waren nicht zu überhören. Die Kinder und auch die Nachbarn kamen angelaufen.
Judith kletterte sofort rauf auf den Baum, auf dem Kiki saß. Aber als sie oben war, schwang er sich in die Lüfte und flatterte auf einen anderen.

Als wir uns ihm darauf mit einer Leiter näherten, entschwand er in Richtung Westen, keiner wusste wohin. Da war die Trauer groß. Die ganze Familie ging mit Ferngläsern auf die Suche nach dem Graupapagei, - rufend, bettelnd, pfeifend. Aber leider vergeblich !

Wie konnte uns das nur passieren...

Es wurde Abend, es wurde Nacht, ein neuer Tag begann und von dem Vogel noch immer keine Spur. Überall klebten wir Suchmeldungen an Häuser und Bäume – für den unwahrscheinlichen Fall, dass irgendjemand den Ausreißer finden würde. Die Tragödie mit Kiki sprach sich schnell rum.

Als wir die Hoffnung schon aufgegeben hatten, kam ein Anruf von einem Bauern aus dem Nachbarort: „Hallo, ich hab hier wen! Kann sein, dass das euer Vogel ist!"

Ich schob die Kinder ins Auto und fuhr sofort los, um diesen „Wen" zu identifizieren. Es war tatsächlich Judiths Papagei !

Erschöpft und mitgenommen, aber er lebte. Er war mitten auf der Dorfstraße gelandet, offenbar hatten ihn die Kräfte verlassen.

„Da bin ich hingelaufen und habe schnell meine Schiebermütze über ihn gestülpt!", erzählte der Bauer.

Oh, diese Freude ! Es lässt sich kaum beschreiben, wie erleichtert und dankbar wir waren. Der geistesgegenwärtige Vogelfänger bekam einen fürstlichen Finderlohn.

Zunächst blieb Kiki nun in seinem Käfig. Alle kümmerten sich liebevoll um ihn, er war mittlerweile zu einem Familienmitglied avanciert. Allerdings flatterte er wild mit den Flügeln und kreischte unwillig.

Mit Papageien hatte meine Familie noch keine Erfahrung, aber eins war ihr klar: Er fühlte sich nicht wohl. Und sprechen, wie der Papagei in Judiths Lieblingsbuch, konnte er ja leider auch nicht.

Schweren Herzens entschlossen wir uns darum eines Tages, nach einer geeigneteren Bleibe für ihn zu suchen. Wir dachten an eine schöne Freiflughalle für ihn.

Es war, als hätte Kiki das gehört.

Ein paar Tage später ereignete sich dieses: Judith setzte sich an die Nähmaschine, die damals in der Nähe vom Vogelkäfig stand, und nähte ein paar Stoffbahnen zusammen.

Das Rattata, rattatta, tattata, rattata der Maschine tönte nun einige Zeit durch das Haus. Plötzlich, als sie eine Pause einlegte, stieß Kiki merkwürdige Urlaute aus.
Er überraschte sie mit einer Eruption seltsamer Geräusche, einer völlig unverständlichen Sprache.

Ihr schien, es war das Bemühen, etwas zum Ausdruck zu bringen, was schon lange in ihm geschlummert hatte.

Es klang, als hätte er in letzter Verzweiflung einen Anlauf genommen, die Wörter, die er so oft gehört hatte, endlich hinauszuschreien.

Das waren seine ersten Sprechversuche !

Dass Papageien bei bestimmten Geräuschen gesprächig werden, beispielsweise, wenn der Staubsauger an ist, hatte ich schon einmal gehört. Dieses Mal war also die Nähmaschine der Auslöser.

Wenig später sagte Kiki die ersten deutschen Worte:

„Hallo", „Kiki" und „Na du ?"

Die hatte er schon oft gehört, mit ihnen hatten wir ihn immer wieder begrüßt. Wir waren perplex und wirklich fasziniert! Von nun an war klar, dass Judith ihn behalten wollte.

Er wurde ins Wohnzimmer umquartiert, wo er frei herumfliegen konnte und bekam große Äste, auf die er kletterte, die er benagte und auch gerne kaputtbiss.

Jeden Morgen beim Frühstück leistete er uns Gesellschaft. Er hatte einen Extraplatz bei uns am

Esszimmertisch. Das war ein alter Kinderstuhl, auf dessen Holzlehne er gern saß.

Der Stock, auf den Kiki auch in späteren Jahren noch vertrauensvoll stieg und auf dem man ihn problemlos hin- und hertragen konnte, hatte schon Geschichte.

Das war früher einmal der Lieblingsstock von unserer ersten Hündin Chris gewesen. Er diente damals als Kampfspielzeug.

Einer hielt den Stock knurrend an einem Ende fest und sie zog dann mit aller Kraft am anderen. Gern kaute sie auch darauf herum..., dieser Stock hatte entsprechende Spuren.

Kiki entpuppte sich mit der Zeit als ein Sprachtalent. Er machte auf mich manchmal den Eindruck, als durchschaute und wüsste er mehr als ich.

Leider hatte er Angst vor unseren Händen. Wenn einer ihm damit zu nah kam, biss er reflexartig danach. Und wenn er sie erwischte, tat das meistens richtig weh.

Sein Schnabel fühlte sich an wie eine scharfe Kneifzange und das Schlimme war, dass er so schnell nicht wieder losließ.

„Warum tut er das?", fragte Kolja. Das wusste ich natürlich auch nicht. Er wurde ja in Afrika von

groben Händen gefangen, die rücksichtslos nach ihm griffen. Wer weiß ..., vermutlich erschreckten ihn Menschenhände darum immer noch!

Kiki

Morgens rief er „ Hallo!" oder „Guten Morgen!" Oft begrüßte er den, der ins Zimmer kam, auch mit „Na du?" oder „Süße, Schätzilein, hallo Liebchen!"

Wenn er jemanden hörte, meldete er sich mit „Komm her! Komm, komm ...", und wenn dann keiner reagierte, jammerte er enttäuscht „keiner kommt!"

„Schmeckt guuuuut!" sagte er öfter mal beim Essen. Wenn ihm versehentlich etwas runterfiel, schimpfte er „Scheiße"!

Wirklich verblüffend, was er so alles von sich gab – passend zur jeweiligen Situation.

Manchmal war Kiki hinterhältig, man musste bei ihm ständig auf der Hut sein! Wenn ich ihm eine Erdnuss reichte, tat er gelegentlich so, als wollte er sie fressen und rief:

„Augenblickchen!"

Aber er täuschte mich dann nur, ließ die Nuss plötzlich fallen und schnappte nach meinem Finger, wobei er ein bedauerndes „oooh" von sich gab.

Und wenn ich dann empört war, rief er:

„Mensch Kiki, du, du duuuuuuuuuuh!"

Öfter stimmte er mit ein, wenn einer zu singen anfing. Den Anfang von dem Lied „Schlaf, Kindchen schlaf" konnte er bald allein.

Oder er sang einfach fröhlich „La,la,la,la!"

Ganz sicher plapperte er nicht nur sinnloses Zeug.

Wir wurden von ihm alle mit dem jeweiligen Vornamen benannt. Unseren Familienpfiff beherrschte er perfekt. Es war für uns immer wieder erstaunlich, wenn Kiki wie ein Mensch sprach.

Allabendlich legte Kolja sich zum Fernsehen aufs Sofa .

Kiki rief ihm dann regelmäßig zu :

„Schlaf schön!"

Wenn ich abends etwas vorhatte und erst im Dunkeln nach Hause kam, sah ich immer noch einmal nach ihm. Er hatte sich dann schon in sein Schlafloch zurückgezogen.

Obwohl ich mich bemühte, leise zu sein, hörte Kiki mich jedes Mal und rief zärtlich:

"Schätzilein, gute Nacht!",

was mich natürlich sehr rührte.

Mir war früher nicht klar gewesen, dass auch Papageien Gefühle haben. Kiki konnte sich freuen und lieben, eifersüchtig oder traurig sein, Angst haben ...

26 Jahre später wohnte Kiki immer noch bei uns. Er hatte inzwischen eine kleine Familie: Desirée und drei lebhafte Kinder.

3 kleine **Papageienkinder** nebeneinander (Damals noch im Wohnzimmer. Sie schlüpften überraschend im Bücherregal! Eins von ihnen, es war Moses, fand ein neues zu Hause bei einem netten Kollegen.)

Da sie im Wohnzimmer zu viel kaputt gemacht hatten, wurden sie in eines der leer stehenden Kinderzimmer umquartiert.

Dort bekamen sie ihren eigenen Urwald mit zimmerhohen Bäumen, sie konnten frei herumfliegen und tun und lassen was sie wollten.

Sie vertrugen sich gut, nur manchmal gab es kleine Kabbeleien. Dann zog einer den anderen am Schwanz, wenn der ihm im Weg war oder aus anderen Gründen störte.

2005

Im neuen Jahr wurde einiges leichter für Johanna. Ihrer Tochter ging es wieder besser, sie wirkte ausgeglichener und erwachsener. Die anstrengende Zeit, als sie sich nicht gegen ihre Fressanfälle wehren konnte, war überstanden. Nun hatte sie wieder annähernd ihre normale Figur und ernährte sich vernünftig.

Nach den Weihnachtsferien blieb Uwes Platz weiterhin leer. Erst im Februar wurde er wieder erwartet. Johanna hatte bis dahin viel Freude an ihrer Klasse, es war eine schöne Zeit.

Donnerstags hatte sie immer auf dem Schulhof Pausenaufsicht. An einem dieser Tage regnete es und es war draußen sehr ungemütlich. Die Kinder hatten zwar bei schlechtem Wetter die Möglichkeit, sich unterzustellen. Aber das taten längst nicht alle, weil ihnen das zu langweilig war.

Anschließendes Gespräch darüber in der Klasse.
Johanna: *„Ihr habt mir wirklich Leid getan. Es hat so geregnet!"*
Matthias: *„Und Du hast mir auch Leid getan. Du bist genauso nass geworden!"* So war er...

Am nächsten Morgen lag ein kleiner Liebesbrief auf Johannas Pult:

Wir mögen dich ser gern. Wir hoffen du makst uns auch gern!

Peggy und Olga

Sie hatten abwechselnd jeder ein Wort in anderer Farbe geschrieben und beide ein schönes Bild dazu gemalt.

Auch von anderen Kindern bekam Johanna im Laufe der Zeit Post. Sie waren stolz darauf, schon richtige Briefe schreiben zu können!

Jeden Montag fuhren die Kolibris mit dem Schulbus zum Schwimmen - in Begleitung von Johanna und ihrer Kollegin Inge Benzin. Meistens verlief der Unterricht ohne Zwischenfälle, manchmal aber gab es Ärger.

So kam Taifun eines Tages auf die Idee, anderen Jungen die Badehose runter zu ziehen.

Zur Strafe musste er raus aus dem Wasser und sich anziehen. Er warf daraufhin Sachen der anderen Kinder durch die Gegend – die hatte er in den unverschlossenen Nachbarkabinen entdeckt.

Anschließend versteckte er sich in seiner eigenen und verriegelte sie schnell.

Inge Benzin sorgte schließlich für Ordnung. Sie hämmerte energisch gegen Taifuns Kabine. Erst nach massiven Androhungen machte er – splitternackt - die Tür auf.

„In zwei Minuten bist du angezogen!", schimpfte sie.

Er durfte zur Strafe am nächsten Montag nicht mit zum Schwimmen. Frau Benzin griff immer sehr resolut durch. Zum Glück war das aber nur selten einmal nötig.

Zu Johannas Entsetzen benahm sich Sylvester eines Tages wieder wie früher. Er machte „Geräusche", legte den Kopf auf den Tisch und schnarchte laut.

Er stellte das auch nicht ab, als Johanna ihn darum bat. Und er trat und bespuckte andere Kinder... das ganze Programm. Obendrein hatte er erstaunliche Probleme bei einfachen Plus- und Minusaufgaben. Eigentlich konnte er ja glänzend rechnen, viel besser als die meisten in der Klasse.

An diesem Tag allerdings nicht so, er machte viele Fehler, verwechselte plus und minus und wurde nicht fertig mit den schriftlichen Aufgaben.

Johanna hatte den leisen Verdacht, dass seine Mutter vergessen hatte, ihm das Ritalin zu geben. Ein Glück, dass ihr das eingefallen war!

Sie rief sie gleich nach der Schule an und erzählte ihr, was passiert war. Tatsächlich bestätigte sich Johannas Verdacht!

„O, das tut mir leid!", brachte sie mühsam hervor. Ihre Aussprache war schleppend und undeutlich. Sie war offenbar betrunken.

Johanna fiel daraufhin ein Stein vom Herzen.

„Was, wenn das Ritalin bei dem Jungen nun nicht mehr wirkt?", hatte nämlich eine Kollegin orakelt. Zum Glück tat es das aber weiterhin.

Ende Februar schneite es auf einmal unaufhörlich. Ausgerechnet kurz vor meinem Geburtstag gab es ein Schneechaos. Der Schneepflug kam nicht mehr durch bis zu unserem abgelegenen Haus.

Ich hatte mehrere Freunde eingeladen und schon tagelang vorher mit den Vorbereitungen angefangen. Wer sich traute, loszufahren, lief Gefahr stecken zu bleiben. Einige meiner Gäste schafften es dann trotzdem bis zu uns, aber leider nicht alle. Das war der Grund, weshalb ich später meine Geburtstagsfeier in den Sommer verlegte.

Immer wieder schneite es und ich traute mich kaum vor die Tür, so kalt war es! Die Tiere draußen taten mir Leid. Ich hatte säckeweise Futter für sie gekauft und versorgte sie regelmäßig.

Wenn die Sonne schien, sah die Welt aber traumhaft schön aus, sauber und freundlich, wie in einem Bilderbuch. Überall glitzerte der Schnee auf Bäumen und Häusern. Das war Einsteinwetter! Ich dachte noch oft an ihn ...

Eines Tages geriet eine Maus in Mirkos Falle auf dem Fensterbrett im Wohnzimmer. Ich hörte, wie sie zuschnappte und auch, wie etwas verzweifelt zappelte. Alsbald entdeckte ich die Maus und mir stockte der Atem. Sie sah mich flehentlich mit ihren Knopfaugen an, - das Köpfchen direkt unter dem Schlagbügel. Aber der Hals war ja sauber abgetrennt, ich konnte ihr nicht mehr helfen. Eins stand für mich in diesem Moment fest: Das Leben war abscheulich.

„Ein sehr harter Winter ist, wenn ein Wolf den andern frisst!" Das war ein Kanon, den Johannas Schulkinder jetzt oft sangen. Es machte allen Spaß, ihn immer wieder laut zu schmettern. Er passte gut zu dieser Jahreszeit, ihren beschwerlichen Schulwegen, ihren kalten Füßen und roten Nasen. Dieser Winter war auch für sie hart.

Seit Anfang Februar war Uwe wieder in der Schule und sorgte für Ärger! Johanna versuchte jeden Tag über sich hinauszuwachsen und mit ihm klar zu kommen.

In der Psychologischen Tagesklinik war er überhaupt nicht gewesen, seine Eltern hatten nichts unternommen. Das empörte Johanna und auch die Schulleiterin, die sich von der ambulanten Betreuung für Uwe viel versprochen hatte.
An manchen Tagen, wenn er unerträglich wurde, schickte Johanna ihn schon nach der zweiten Stunde nach Hause. Einmal geschah das, worauf sie schon länger gewartet hatte. Sylvester rief**:** *„Ich will auch nach Hause!"*

Johanna tat so, als hätte sie es nicht gehört. Zu ihrer Verwunderung äußerten weder er noch irgendjemand sonst aus der Klasse diesen Wunsch danach noch einmal.
Uwe erschien nur, um die Erdbeermilch zu trinken und sein Butterbrot zu essen – und um Mist zu machen.

In Mathematik hatte er inzwischen den Anschluss verloren, er verstand nichts mehr und störte darum noch mehr den Unterricht.
Johanna versuchte, ihm zu helfen, aber er hielt sich die Ohren zu.

Auch andere Schüler in der Klasse hatten es nicht leicht. Luise war oft unglücklich, und sie zeigte es stets deutlich. *„Die andern sagen, dass ich fett bin. Stimmt das?"*, fragte sie Johanna. Luise war nicht filigran gebaut, aber nicht ‚fett'. Die Kinder untereinander konnten manchmal grausam sein. Auch Jasmin brauchte immer wieder Trost, sie war ein kleiner Pechvogel. Mal fiel sie hin, mal kriegte sie einen Ball an den Kopf. Gelegentlich bekam sie Ohrenschmerzen von dem Krach, den andere machten und fing herzzerreißend an zu weinen.

Florian hatte es auch nicht leicht. In den Pausen klauten ihm andere Jungs wiederholt seine Mütze, nicht nur einmal stolperte er und fiel der Länge nach in den Matsch. Obendrein zog Otto ihn dauernd damit auf, dass er angeblich gepupst hatte. Er war ein hübscher Junge, - lieb, verträumt, verletzlich. Morgens schlurfte er meistens als Letzter in die Klasse. Seine Bewegungen wirkten drollig, ein bisschen tollpatschig. Alles an ihm war schmuddelig, abgetragen und oft kaputt. Er selber auch schon, fürchtete Johanna. Kaum war er auf seinen Stuhl geplumpst, fing er an zu kippeln und fiel prompt runter. Von Johanna wurde er oft in die Arme genommen und er hing sehr an ihr.

In einer Pause – es war ein kalter Märztag - warf Matthias Radieschen einen Eiszapfen ins Gesicht. Großes Theater, sie weinte und schrie: *„ Er hat genau in mein Auge getroffen!"*

Zum Glück war es aber nicht so schlimm, es ging Radieschen bald wieder besser.

Am Wochenende machte ich immer in aller Frühe die Kaffeemaschine an und legte mich danach noch ein bisschen ins Bett. An diesem Sonnabend aber nicht, denn Lucy lag wie tot unten auf dem Käfigboden. Ich war wie gelähmt vor Schreck – was war bloß passiert?

Ich beugte mich über sie, streichelte sie und überschüttete sie mit freundlichen Worten. Wie gern hätte ich dem kleinen Vogel geholfen.

Ich war völlig ratlos ....

Nach einer Weile geschah das Wunder: Plötzlich kam Lucy zu sich, sie stand auf und flog nach oben auf eine Stange. Unter ihr lag ein schönes weißes Ei!

Dieses Mal war ihr das Eierlegen richtig schwer gefallen. Immer wieder hatte sie sich an den letzten Tagen – es war Ende März - in ihren Käfig zurückgezogen und geschlafen. Sehr ungewöhnlich für Lucy ...

Es wurde ein wunderschöner Tag mit strahlend blauem Himmel, und den Schreck vom frühen Morgen hatte ich bald vergessen.

Ich wollte ein bisschen durch die Gegend fahren und schlug Mirko vor, mich zu begleiten. Aber er hatte keine Lust dazu mit der Begründung: *„Ach, die Gegend hier kenne ich doch schon!*"

Später, als ich wieder zu Hause war, kam Lucy auf den Balkon. Darunter spazierten die Hühner durch das Gras und sangen glücklich vor sich hin, alle schienen sich wohl zu fühlen.

Solange, bis sich eine riesengroße Krähe neben ihnen niederließ. Sie hatte da etwas entdeckt!

Es waren Fleischabfälle, die Mirko bei den Greifvögeln aufgesammelt hatte. Eigentlich waren die für die Hühner gedacht und normalerweise freuten sie sich auch darüber.

Aber jetzt taten sie so, als hätten sie kein Interesse. Vermutlich aus Respekt vor der starken Krähe. Schließlich war sie satt und flog weg, ganz nah an ihren Köpfen vorbei.....

Pünktlich mittags um 12 Uhr ging, wie immer am Samstag, die Sirene. Sie erinnerte uns an Einstein. Er hatte früher inbrünstig dabei mitgeheult!

Sobald die Sirene ertönte, wussten wir: Gleich würde er einstimmen. Aber wie! Es klang nach Einsamkeit und Leid und Sehnsucht und berührte uns jedes Mal.

Am 15. April war es dann endlich soweit :

Uwe kam zu Johannas Erleichterung auf die E-Schule.

Endlich !

Nun wurde es für alle erheblich leichter in der Schule. Ohne ihn war ja endlich wieder ein normaler Unterricht möglich.

Manch einer hatte zwar gelegentlich einen schlechten Tag. Aber damit wusste Johanna umzugehen. Meistens ging es um harmlose Streitereien.

Einmal gab es großes Gelächter, weil Charley laut gepupst hatte. Alle waren erst entsetzt, dann quietschten sie vor Vergnügen und es dauerte lange, bis sie sich wieder beruhigt hatten.

Sylvester, im Allgemeinen fügsam und freundlich, eckte nur gelegentlich noch an. Besonders dann, wenn er seine Tabletten nicht genommen hatte.

Er war an solchen Tagen sehr reizbar und ungezogen. Dann genügte es, dass einer ihn versehentlich anrempelte. Daraufhin trat er ihn mit voller Kraft in den Bauch oder spuckte nach ihm.

Normalerweise aber kam Johanna recht gut mit ihm aus. Er war in ihren Augen ein besonderes Kind, oftmals überraschte er mit originellen Ideen.

Während der „Freien Arbeit" suchte er sich gewöhnlich die schwierigsten Arbeitsblätter aus und bewältigte sie selbständig. Meistens war er eher als die andern damit fertig, und dann half er schwächeren Schülern.

Im Gegensatz zu früher sah seine Schrift mittlerweile recht ordentlich aus. Und er malte wunderschöne Bilder, - mit viel Liebe, wie Johanna gerührt beobachtete. Allerdings lieh er sich dazu des Öfteren ihre Filzstifte aus, weil seine alt und vertrocknet waren....

Seine Mutter schien sich um so etwas nicht zu kümmern. Auch nicht darum, dass er pünktlich zur Schule kam. In letzter Zeit verspätete er sich sehr oft. *„Mama hat wieder mal verschlafen!"*, sagte er jedes Mal. An manchen Tagen erschien er auch gar nicht.

Da er keinerlei Entschuldigungen ablieferte, rief Johanna schließlich seine Mutter, Jutta Enderlein, an. Sie lallte und war schlecht zu verstehen, etwas stimmt nicht mit ihr. Darum fuhr Johanna noch am selben Tag bei ihr vorbei, um nach ihr zu sehen.

Sylvesters Mutter war schwer alkoholkrank.
Längst hätte sie zum Entzug in eine Klinik gemusst, aber sie wollte ihre beiden Kinder nicht allein lassen.

Vor allem hatte sie Angst, man würde ihr Susanne, ihre 9jährigeTochter aus erster Ehe, wegnehmen.

Deren Vater hatte schon das Sorgerecht beantragt, und sie fürchtete, er würde es bekommen, sollte sie in eine Klinik eingewiesen werden.

Sie war ganz abgemagert, mochte nichts mehr essen, hing nur noch an der Flasche! Das erschreckte ihre Kinder natürlich und Sylvester traute sich eines Tages zu fragen: *„Mama, warum zitterst du so?"* Da bekam sie einen Weinkrampf und lallte: *„W...weiß ich nich...!"*

Sie war völlig am Ende, das sah auch ihr Mann. Johanna sprach in der folgenden Zeit eindringlich mit ihm und bat ihn, tätig zu werden, - es musste ja dringend etwas geschehen.

Schließlich kam Jutta Enderlein dann doch in eine Entzugs - Klinik. Nach langen Gesprächen und Verhandlungen mit ihrer Mutter.

Diese sprang solange ein und kümmerte sich um die Kinder. Auf einmal ging es! Nach der Entziehungskur trank Frau Enderlein nie wieder einen Tropfen Alkohol. Sie hatte gerade noch einmal die Kurve gekriegt.

Im Mai 2005 kam Johanna mit starken Bauchschmerzen ins Krankenhaus. Ursache war eine Darmentzündung (Divertikulitis). Möglicherweise die Folge von dem Stress, dem sie in letzter Zeit ausgesetzt gewesen war?

Man legte ihr eine Eisblase auf den Bauch, reinigte ihren Darm und hängte sie an den Tropf. Essen durfte sie nichts. Das, was ihr Körper brauchte, floss offenbar gleich in ihre Vene, vermutete sie.

Darüber – wie über alles andere, was mit ihr gemacht wurde – erfuhr sie rein gar nichts.

Außerdem musste sie mehrere unangenehme Untersuchungen über sich ergehen lassen – Einlauf, Koloskopie, Kontraströntgen - wie das bei bestimmten Darmerkrankungen wohl nötig ist.

Gleich am 2. Tag schickte man sie zum Röntgen. Als man das wenig später noch einmal vorhatte, wunderte sich Johanna und fragte nach dem Grund.

Ob man beim ersten Mal etwas Verdächtiges gefunden hatte? Zu ihrer Erleichterung nicht, das Ganze war schlicht ein Versehen.

Als Mirko später davon hörte, meinte er: *„Vielleicht war das gar kein Versehen! Bei Privatpatienten wird öfter mehr als nötig gemacht, wenn es nur was einbringt!"*

Nach wenigen Tagen ging es Johanna besser. Nun konnte sie sich ein bisschen erholen.

Auf ihrer Station war eine demente Patientin untergebracht, die von Zeit zu Zeit auf dem Flur umherirrte und wirres Zeug redete. Auf der Suche nach ihrem Zimmer vertat sie sich manchmal und machte falsche Türen auf. Einmal kam sie auch zu Johanna ins Zimmer...

Leider war sie einer sehr unfreundlichen Stationsärztin ausgeliefert. Im Gegensatz zu den netten Krankenschwestern war sie zu keinerlei Gesprächen bereit, antwortete barsch und gereizt auf Fragen der Patienten. Die Ärztin drückte mit groben Fingern auf ihrem Bauch herum, um herauszufinden, an welcher Stelle es ihr wehtat.

Diese Prozedur wurde weiterhin durchgeführt, auch als Johanna schon völlig schmerzfrei war. Immerhin kündigte man an, Johanna würde nun bald was zu essen bekommen.

Eines Abends war es dann so weit. Eine Krankenschwester brachte drei große Tassen mit Deckel. Marit, die gerade gekommen war, hob neugierig den ersten und rief: *„Überraschung!"* Darin war lauwarmer Kamillentee, auch in den beiden anderen lauwarmer Kamillentee ...
Enttäuschung!

Am Ende wurde Johanna zu einer Operation geraten, man wollte ihr ein Stück Darm herausschneiden. Allerdings kam es nicht dazu. Sie holte einen 2. Befund von einem anderen Kollegen ein. Da er von einer OP abriet, verließ sie alsbald die Klinik. Ein paar Tage später begab sie sich wieder in die Schule.

Im September geschah etwas Schreckliches bei uns. Lucy starb unter großen Schmerzen am 9. September. Diesen Tag vergaßen weder Mirko noch ich, es war fürchterlich.

Ein paar Tage zuvor hatte Lucy noch mit Mühe ein vollkommen schönes Ei gelegt. Danach ging es ihr nicht gut, sie kam irgendwie nicht auf die Beine. Sie aß nichts, trank stattdessen unentwegt Wasser und hechelte in einem fort.

Als es nicht besser wurde, fuhren wir mit ihr zu einer Tierärztin, die sich auf die Behandlung von Vögeln spezialisiert hatte. Sie untersuchte, sie röntgte, sie überlegte ... aber leider fand sie nicht heraus, was dem kleinen Papagei fehlte.

Wir fuhren wiederholt in ihre Praxis , in der verzweifelten Hoffnung, ihr würde doch noch etwas einfallen. Es war für mich unvorstellbar, dass man Lucy nicht wenigstens ein bisschen von ihren Schmerzen befreien konnte.

Schließlich spritzte die Tierärztin ihr ein Wehenmittel. Vielleicht, so mutmaßte sie, hatte Lucy ja Legenot ...

Aber das war dann wohl ihr Todesurteil.

Es dauerte nicht lange, da raste sie vor Schmerzen durch ihren Käfig, von einer Ecke bis in die andere. So, als hoffte sie, vor ihnen davon laufen zu können.

Ich ließ sie raus, sie suchte Zuflucht auf einem Topflappen, aber dadurch wurde es auch nicht besser. Sie hat ganz entsetzlich gelitten! Wir konnten es nicht mit ansehen...

Nach einem schlimmen Todeskampf gab die kleine tapfere Lucy schließlich auf und war tot. Es war ein Schock für uns.

Was hatten wir nur falsch gemacht? Lag es vielleicht an den Apfelkernen, auf die sie immer so scharf gewesen war ? Möglicherweise an der Avocado, die sie auch manchmal probiert hatte. Allerdings nur selten und in sehr kleinen Mengen. Dass Avocado giftig ist für Papageien, wussten wir damals leider nicht ...

Lucy hat bei uns 6 Jahre gelebt. Mit ihrem frühen Tod hatte keiner gerechnet. Sie war doch ein richtiges Energiebündel, einfach nicht klein zu kriegen ! Jeder, der sie kannte, ging davon aus, sie würde uralt werden.

Während ich in der Küche Ordnung machte und nach und nach ihre Sachen wegräumte, kamen mir immer wieder die Tränen. Mirko ging es genauso. Zu ihm hatte der kleine Papagei ja ein besonders zärtliches Verhältnis gehabt.

Lucy

Lucy war vor mehreren Jahren bei uns abgegeben worden. Wir hatten eigentlich nie vorgehabt, uns einen Mohrenkopfpapagei anzuschaffen. Aber das Schicksal schien es so bestimmt zu haben.

An einem Sonntagmorgen im August 1999 klingelte es bei uns. Vor der Tür stand eine ehemalige Schülerin von mir.

Sie überreichte mir einen Karton mit Löchern. Darin saß ein kleiner aufgeregter und sichtlich mitgenommener Mohrenkopfpapagei.
„Wir haben ihn auf der Straße gefunden. Er hat keine Kraft mehr. Können Sie ihm nicht helfen ?"

Und wir versuchten es ...

Lucy, so nannten wir die Kleine, hatte schrecklichen Hunger und tat tagelang nichts anderes als fressen. Und zwar vorwiegend Apfelstückchen , eins nach dem anderen und wieder und wieder eins.

Währenddessen beachtete sie keinen von uns.

Sie blickte nur starr vor sich hin und fraß, trank Wasser und schlief. Anschließend fraß sie sofort weiter, trank und schlief ... und fraß und fraß und fraß .

So etwas hatten wir noch nicht erlebt. Wir beobachteten sie gebannt und spürten, dass es bei Lucy um Leben und Tod ging. Dabei schlossen wir sie immer mehr ins Herz.

Ich ertappte mich, wie ich von Zeit zu Zeit vor lauter Angst den Atem anhielt. Lucys Anblick war wirklich atemberaubend. Sie vollführte mehrere Tage lang einen eigensinnigen Überlebenskampf und zum Glück gewann sie ihn !

Von da an nahm sie mit Interesse ihre neue Umgebung wahr, begrüßte uns freudig, wenn wir zu ihr kamen und entpuppte sich als ein äußerst neugieriges Geschöpf.

Es dauerte nicht lange und Lucy durfte ihren Käfig verlassen, wann immer sie wollte. Sie wohnte in der Küche - das war ihr Reich. Seit sie bei uns eingezogen war, hatten wir keine Ruhe mehr !

Oft setzte sie sich oben auf den Käfig, aber ihr boten sich ja auch vielerlei andere Landeflächen, die sie freudig nutzte.

Wenn einer am Herd stand, kam sie neugierig angeflogen und beobachtete genau, was man so machte. Nichts entging ihr!

Beim Zwiebelschneiden setzte sie sich interessiert dazu und bediente sich. Alles Mögliche probierte sie - besonders die scharfen Sachen, wie Zwiebeln, Paprika und Chili schmeckten ihr.

Mit der Zeit wurde Lucy immer zutraulicher. Sie übernahm schließlich – wie selbstverständlich - das Regiment in der Küche. Unser hilfloser Findling hatte sich alsbald zu einer selbstbewussten Persönlichkeit gemausert.

An manchen Tagen schoss Lucy zielstrebig im Sturzflug auf unsere Füße und biss tatsächlich hinein. Das tat richtig weh !

Aber wir hatten sie trotzdem gern.
Warum sie es auf unsere Füße – übrigens vor allem auf meine (!) - abgesehen hatte, blieb für uns ein Rätsel.

Lucy auf dem Obstkorb

Immer mussten wir beim Verlassen der Küche daran denken, die Tür zu schließen. Ohne dabei Lucy einzuklemmen oder sie mit durchzulassen!

Sie war so schnell und erfasste die günstige Gelegenheit sofort, wenn einer von uns mal nicht aufpasste.

Unter der Küchentür zum Esszimmer hatte sie sich in mühseliger, jahrelanger Kleinarbeit ein Loch durch das harte Holz genagt. Es war etwa walnussgroß, eine beachtliche Leistung für solch einen kleinen Vogel.

Spuren überall .....

Auch die andere Tür von der Küche, durch die man auf den Flur gelangt, bearbeitete sie immer wieder.

Und mit der Barriere, welche wir in der Durchreiche zum Esszimmer errichtet hatten, beschäftigte sich unser Energiebündel so lange, bis es hindurchpasste. Plötzlich spazierte Lucy dann ins Esszimmer.

Daraufhin floh Einstein vor ihr.
Sie zupfte nämlich gern an seinem Fell!
Und das war ihm unangenehm.

In den ersten beiden Oktoberwochen waren Herbstferien. Johanna ließ sich von ihrer Tochter überreden, mit ihr ins Kino zu gehen und zum Schoppen. Manchmal fuhren sie ins Grüne und machten lange Spaziergänge. Unterwegs unterhielten sie sich meistens über Marits Zukunftspläne. Sie war inzwischen 16 Jahre alt, nach dem Abitur im nächsten Jahr wollte sie Medizin studieren.

Gelegentlich schaute Johanna auch bei mir vorbei. Eines Abends brachte sie mir ein Buch zurück. Ich hatte es mir gerade mit einem Häkelzeug auf dem Sofa gemütlich gemacht und lud sie ein, sich neben mich zu setzen.

„Sieh mal!", sagte ich und zeigte auf ein Paket mit Wolle. Johanna nahm ein Knäuel in die Hand und staunte. Es war silbriggraue, flauschige Wolle, sie fühlte sich wunderbar weich an.

„Das ist was Besonderes, woher hast du die?", erkundigte sie sich.

„Von Inga !", sagte ich.

Und dann erzählte ich Johanna von ihr.
Inga wohnte in meiner Straße; ich war schon seit vielen Jahren mit ihr befreundet. Sie hatte zu Hause ein altes Erbstück, ein Spinnrad.

Früher einmal war sie damit zu mir in die Klasse gekommen und hatte den Kindern gezeigt, wie man spinnt. Sie hatte das in jungen Jahren gelernt und Übung darin. Dazu nahm sie Schafwolle, die ihr ein Schäfer geschenkt hatte.

Die Kinder waren begeistert, solch eine Stunde gab es nicht alle Tage! Sie durften selber Hand anlegen und stellten viele Fragen.

Inga erzählte, dass man auch die Haare von bestimmten Katzen und Hunden verspinnen kann. Nicht die abgeschnittenen, sondern die Unterwolle, die man mühsam auskämmen muss.

Da lag es auf der Hand, dass ich sie fragte, ob vielleicht auch Einsteins Wolle sich dazu eignen würde. Und so war es!

Ich hatte noch mehrere Säcke mit seiner ausgekämmten Wolle im Keller stehen. Alsbald machte die gute Inga sich an die Arbeit und fabrizierte viele wunderbare Wollknäuel - ein einmaliges Andenken an Einstein.

„Sag mal, stinkt diese Wolle nicht, wenn sie nass wird?", erkundigte sich Johanna.

Tat sie nicht. Inga hatte sie gründlich mit duftendem Shampoo gewaschen und danach roch sie nicht mehr nach Hund, auch nicht im Regen.

Wenn ich jemanden bewunderte, dann war das Inga.
Sie war so patent, so tüchtig und ungeheuer fleißig! In allem, was eine ihrer Meinung nach gute Hausfrau auszeichnet, war sie perfekt.

Sie konnte nicht nur spinnen, sie konnte einfach alles. Sie strickte wunderhübsche Pullover und Jacken für ihre ganze Familie und ihre Torten waren leckerer, als die vom Konditor.

Mit ihren 80 Jahren wirkte sie noch recht fit, krank war sie eigentlich nie. Nur vor einigen Jahren hatte sie sich bei einem Unfall auf einer Indienreise ein Hüftgelenk gebrochen. Aber das war inzwischen Schnee von gestern.

Zum Geburtstag schenkte sie mir immer selbst gestrickte warme Socken, worüber ich mich jedes Mal wirklich freute. Sie sahen sehr hübsch aus, passten wie angegossen und ich konnte sie gut gebrauchen. Jedes Paar ein Unikat – zu kaufen gab es so etwas nicht.

Inga hatte vier Töchter großgezogen, war seit längerer Zeit Witwe und lebte allein in ihrem Haus. Das heißt, nicht ganz allein: Ein wundervoller schwarzer Kater war ihr eines Tages zugelaufen.
Sie hatte gesehen, wie er Kartoffelschalen (!) aus einem Abfalleimer fraß und sich dann liebevoll um ihn gekümmert. Er war völlig abgemagert und offenbar zuvor ohne festen Wohnsitz gewesen.

Felix, so nannte sie ihn, hatte damit das große Los gezogen, es ging ihm fortan gut bei ihr. Inga schloss ihn schnell in ihr Herz; er brachte Farbe in ihr Leben und verbreitete Gemütlichkeit.

Anfangs war er noch scheu und ließ sich nicht von ihr streicheln. Aber nach einiger Zeit gewann er Vertrauen zu ihr und strich ihr um die Beine. Abends beim Fernsehen legte er sich auf ihren Schoß und schnurrte. Dieses Wollknäuel tat ihr richtig gut.

Oft blieben Spaziergänger stehen vor ihrem Garten.
Er war wunderschön! Da buddelte und pflanzte sie jahraus, jahrein, ohne jemals die Hilfe von jemandem in

Anspruch zu nehmen. Die lehnte sie mit der Begründung ab: „Wer rastet, der rostet!"

Im Winter, wenn es im Garten nichts zu tun gab, setzte sie sich an ihre Staffelei und malte erfrischende Landschafts- und Blumenbilder. Jedes Mal, wenn eins fertig war, durfte ich es besichtigen.

Danach tranken wir zusammen Tee und unterhielten uns über alles Mögliche, gelegentlich auch über Kunst im Allgemeinen oder bestimmte Maler. Einmal ging es dabei um Picasso und Inga äußerte sich über ihn folgendermaßen:

„Picasso, der konnte wirklich was. Aber ich mag ihn nicht. Immer diese nackten Frauenbilder - er ist ein Schwein!"

Mir waren manche auch peinlich, was ich aber nicht laut sagte. Schließlich war ich keine Expertin für moderne Malerei und traute mir nicht zu, das zu beurteilen.

Bei uns zu Hause hing Picassos *Kind mit Taube* an der Wand, und ich hatte es sehr gern.

„Vielleicht sind wir einfach zu prüde," sagte ich. *„In der bildenden Kunst ist der Akt ja, soweit ich weiß, ein klassisches Motiv!"*

„Er ist trotzdem ein Schwein!" schimpfte Inga.
Sie sagte immer gerade heraus ihre Meinung, womit sie schon manch einen vor den Kopf gestoßen hatte.

Im November 2005 erreichte die Vogelgrippe Deutschland, nachdem sie in andern Ländern – anfangs in Asien - Angst und Schrecken verbreitet hatte.

Schon im Januar titelte eine Zeitung: *„Vietnam im Würgegriff der Geflügelpest* " und am 4. August wurde gemeldet: *„Vogelgrippe auf Vormarsch in den Westen: Bayern macht Grenzen dicht!"*

Die Wildgänse kamen und man fürchtete, sie könnten infiziert sein und andere Tiere, womöglich sogar Menschen anstecken.

Auch bei uns wurde schließlich die Stallpflicht angeordnet. Im Spätherbst durften wir unsere Hühner nicht mehr rauslassen, es galt strenge Stallpflicht für alles Geflügel im Oberbergischen Kreis.

Wir waren schockiert! Fast täglich fand man in Deutschland sterbenskranke Wildvögel , die sich mit dem tückischen Vogelgrippevirus H5N1 infiziert hatten.

Das Risiko einer Einschleppung dieser „Geflügelpestviren" in sogenannte Nutzbestände war groß. Wenn nur eines der Tiere an dem H5N1Virus erkrankte, tötete man ausnahmslos auch alle anderen in dem jeweiligen Betrieb!

Hunderttausende von Enten, Hühnern, Gänsen und deren Küken wurden grausam *„gekeult"*! Die Zeitungen meldeten: „Das Töten nimmt kein Ende!" Schon allein die Vorstellung war nicht auszuhalten, es war eine unheimliche Zeit.

Leider waren auch Tierparks und Zoologische Gärten gefährdet. Dem Dresdner Zoo drohte die Keulung aller Vögel, nachdem dort ein schwarzer Schwan an dem Virus verendet war.

Dass wir plötzlich alle Hühner einsperren mussten, bekümmerte uns sehr. Sie waren ja nicht daran gewöhnt. Ihnen stand ein wochenlanges Knastleben bevor – als wären sie Schwerverbrecher. Jeden Morgen warteten sie vergeblich, aus dem Stall gelassen zu werden.

Ich bemühte mich, ihnen ihr Gefängnis mit Heu und abwechslungsreichem Futter interessanter zu machen. Aber eine Entschädigung für ein Hühnerleben in Freiheit war das natürlich nicht.

Ich litt mit ihnen - stellte mir vor, selber Tag für Tag eingesperrt zu sein. Das wäre einfach unerträglich! Klar, ich war kein Huhn. Aber auch ein Huhn hatte ja wohl das Recht, ein bisschen glücklich zu sein.

Nach kurzer Zeit richteten wir für einige Hennen einen Extrastall ein, das „Frauenhaus". Sie waren an Hals und Rücken immer kahler geworden, weil Hahn Charly sie tagtäglich besprang. Da sie auf engem Raum eingesperrt werden mussten, konnten sie ja leider nicht mehr vor ihm weglaufen!

Leonie und Karla waren besonders schlimm zugerichtet, sie sahen wirklich erbärmlich aus. Darum kamen sie als Erste in den neu eingerichteten Stall, wo sie sich erholen konnten.

Über den Eingang zu ihrem Stall brachte ich ein Schild an. Darauf standen ihre Namen in leuchtenden Farben.

Sie genossen dort besondere Zuwendung, und alsbald wuchs auch ihr Gefieder wieder. Nach und nach quartierten wir später weitere malträtierte Hennen im „Frauenhaus" ein.

Nach einiger Zeit hatte Charly nur noch zwei Hennen, schließlich starb eine und übrig blieb Mariechen.

Es sah damals so aus, als würde er sie in Ruhe lassen. Zum Glück! Denn sonst wäre sie, wie die andern Hennen, auch ins „Frauenhaus" gekommen und Charly ganz allein geblieben in dem großen ehemaligen Pferdestall …

Es war bitterkalt und ungemütlich draußen. Eines Morgens im Bett fiel mir ein, dass ich am Abend zuvor vergessen hatte, das Kippfenster von einem der Hühnerställe zuzumachen.

Also zog ich mir in aller Eile einen Mantel übers Nachthemd, ging schnell hin und holte das nach. Die kleine Hühnertruppe lief schon ruhelos herum ... Es war ja wirklich saukalt bei ihnen und ihre Eier fühlten sich eisig an!

Die Pfützen waren zwar immer noch zugefroren, aber die strahlende Sonne verleitete mich später zu einer kleinen Radfahrt.

Mit dickem Pullover und Handschuhen rollte ich vorsichtig den Berg hinunter und genoss die frische Winterluft, wunderbar. Unterwegs fing ich aber doch an zu frieren. Das gab sich auf dem Rückweg, denn da ging es ja immerzu steil bergauf.

Anschließend setzte ich mich an den PC, um ein paar Rechnungen zu überweisen. Ich steckte mir bei dieser Arbeit gewöhnlich Ohropax in die Ohren, so konnte ich mich besser konzentrieren.

Diesmal fühlte sich das merkwürdig an, ich hatte mir versehentlich einen kleinen Radiergummi ins Ohr gesteckt. So was!

Von Kolja war eine Mail angekommen, in der er von Dreharbeiten im Filmstudio Babelsberg berichtete. Er spielte seit ein paar Wochen die Hauptrolle in einer Telenovela und die Arbeit dort machte ihm viel Freude.

Immer dienstags bis freitags wurde im Fernsehen eine neue Folge ausgestrahlt, die wir uns regelmäßig ansahen. Kolja sah nicht nur gut aus, er war glaubwürdig und überzeugend, man glaubte ihm die Rolle, die er spielte. Wir waren begeistert! Unser Sohn machte seine Sache wirklich gut.

Vorerst konnten wir beruhigt sein. Von verschiedenen Seiten gab es positive Rückmeldungen. Wir hatten es immer gewusst, Kolja hatte Talent.

Allerdings nicht nur für die Schauspielerei, er hätte in manch einem anderen Beruf Erfolg haben können. In meinem Hinterkopf spukte weiterhin die Frage: *„Was kommt danach?*"

Für Schauspieler gab es, wie ich wusste, keine gesicherte Existenzgrundlage.

Nach dem Abi hatte er an einer Schauspielschule studiert – bei der Aufnahmeprüfung waren gerade mal 9 von mehr als 600 Bewerbern genommen worden.

Danach spielte er mehrere Jahre am Staatstheater Braunschweig und das mit Erfolg. Von dem Mozartdrama „Amadeus" mit Kolja in der Titelrolle war ich besonders beeindruckt – und nicht nur ich.

Er trat in den verschiedensten Stücken auf und jedes Mal spielte er sich in die Herzen des Publikums. Dabei versetzte er sich überzeugend in seine jeweilige Rolle.

Wenn er auf der Bühne weinte, dann war das nicht künstlich, sondern er tat es wirklich.

Die Arbeit am Theater machte ihm viel Spaß, sein Erfolg beflügelte ihn, er gab immer alles! Nach jeder Vorstellung war er schweißgebadet und am Ende seiner Kräfte.
Sein Regisseur hielt viel von ihm und prophezeite ihm eine steile Schauspielerkarriere, so stiegen Kolja alsbald Rosinen in den Kopf! Er fühlte sich in Braunschweig eingeengt und suchte nach Veränderungen, - neuen Engagements in der weiten Welt.

Er hatte inzwischen hochfliegende Pläne! Nach drei Jahren trennte er sich vom Braunschweiger Theater, und das teilte er uns per Mail mit.

Ihr Lieben,
gegen Ende der Spielzeit kündige ich mein Engagement hier. Ich brauche eine Auszeit. Die Arbeit in Braunschweig ist anstrengend, macht ja aber Spaß, - solange ich genügend Schlaf kriege und hin und wieder mal träumen kann!

Ab Mai sind schon keine Proben mehr, und im Juni haben wir nur noch wenige Vorstellungen. Ich freue mich auf die Zeit danach – will mich halt auch mal treiben lassen!

Im August gibt es noch dieses Riesentheaterfestival in Edinburgh, wo Bob sein neues Stück zeigen will. Bob ist dieser Traumregisseur, mit dem ich „Good Day" geprobt habe.

Er hat mir schon gesagt, dass er sich geehrt fühlen würde, wenn ich eines seiner Stücke in Deutschland uraufführen würde ...sie sind alle wunderbar!

Ich werde in meiner Freizeit Konzepte schreiben für Theaterstücke, das wollte ich immer schon mal tun. Und ich habe schon viele Ideen .. würde zum Beispiel gern mal openair spielen, suche noch eine Burg in der Nähe einer größeren Stadt. Ist viel Organisation, lohnt sich aber und wäre sicher ein finanzieller Erfolg.

Lieben Gruß,

fühlt Euch umarmt,

Kolja

Aus dem Openair-Theater wurde dann erst mal nichts. Stattdessen bewarb er sich bei anderen Schauspielhäusern und auch Filmagenturen. Alsbald pendelte er zwischen Lüneburg (Theater) und Düsseldorf (Filmaufnahmen) hin und her. Anschließend ging er nach London und schließlich in die USA, - direkt nach Hollywood.

Uns wäre es lieber gewesen, er hätte sich ein für allemal in Braunschweig niedergelassen oder zumindest irgendwo in Deutschland. Wir wussten, wie hart die Konkurrenz im amerikanischen Filmgeschäft ist.

Dann wieder fanden wir es mutig von unserem Sohn, dass er diesen Schritt gewagt hatte. *„Wer nicht wagt, der nicht gewinnt,*" meinte Mirko. *„Notfalls kann er ja wieder zurückkommen.*"

Mir war das Ganze nicht geheuer.
Ich hatte mich über Los Angeles informiert, - in dieser Riesenstadt mit 6-spurigen Highways hätte ich mich nie zurechtgefunden, da wäre ich glatt verloren.
„Hoffentlich geht das gut!", sagte ich noch manches Mal.

Unsere Tochter Judith, inzwischen 36, hatte sich zum Glück einen Beruf ausgesucht, bei dem man nicht von dem Geschmack anderer Leute abhängig ist. Um sie machten wir uns kaum einmal Sorgen!

Allerdings warteten wir sehnsüchtig auf ein Enkelkind. Ihre biologische Uhr würde in wenigen Jahren ablaufen.

Kolja (26), 10 Jahre jünger als seine Schwester, würde sich wohl noch Zeit lassen ....

Er hatte mehrere nette Freundinnen, aber eine feste Bindung wollte er noch nicht eingehen. Bei seinem ungesicherten und oftmals dürftigen Einkommen wäre das, fand er, verfrüht. Ohnehin wollte er noch frei sein! Er ging zu vielen castings, flog zu unterschiedlichen Drehorten, machte Fortbildungen mit - immer auf der Suche nach, ja wonach?

Eines Abends während des Essens griff ich das Thema Enkelkinder wieder mal auf: *„Judiths biologische Uhr tickt .... irgendwann ist die Zeit abgelaufen.*"

Mirko war gerade dabei, in ein Schinkenbrot zu beißen. Nach einer geraumen Weile sagte er: *„Auf mich wirkt sie noch gar nicht so alt.*"

Wenn überhaupt, dann hätte er lieber über andere Dinge gesprochen. Und dann noch dieser Knoblauchgestank ....

Ich war gerade dabei, eine Knoblauchzehe in kleine Stücke zu schneiden. Ich liebte Knoblauch, Mirko verabscheute ihn.

„Ach du, du bist ein unverbesserlicher Optimist. Sie ist 36! ", informierte ich ihn, während ich den Knoblauch auf meinem mit Margarine bestrichenen Vollkornbrot verteilte. Ich nahm keine Butter mit Rücksicht auf meine etwas zu hohen Cholesterinwerte.

„Oh, tatsächlich?", wunderte sich mein Mann. *„Mit Ende 30 ein Kind zu bekommen ist ja aber heutzutage nichts Ungewöhnliches mehr!"*

„Aber es hat bisher all die Jahre nicht geklappt, " sagte ich. *„Verheiratet sind Judith und Wolfram schon lange, wie du weißt. Warum sollte das jetzt plötzlich noch glücken?"*

„Nicht geklappt?", wandte Mirko ein. *„Vielleicht wollen sie ja keine Kinder!"*

Vor längerer Zeit hatte ich mit Judith über Familienplanung gesprochen und ihr mitgeteilt: *„Ich hätte schon einen ganzen Sack voll schöner Namen für meine Enkelkinder!"*

Judith war damals nicht darauf eingegangen und hatte schnell das Thema gewechselt. Konnte oder wollte sie keine Kinder bekommen? Mit dieser Frage beschäftigte ich mich fortan ....

Ich war sicher, dass Judith ein Baby gut tun würde. *„Sie kann so gut mit Kindern umgehen, sie wäre eine wunderbare Mutter,* " sagte ich.

„Judith liebt Wolfram und Wolfram liebt sie! Es geht ihnen gut, sie sind tüchtig, haben Erfolg, - man kann auch ohne Kinder glücklich sein, " erwiderte Mirko.

Mit ähnlichen Überlegungen hatte ich mich auch schon versucht zu trösten. *„Vermutlich,* " sagte ich. Mir war klar, es gab Gründe, sich gegen ein Baby zu entscheiden. *„Nicht alle Babys kommen gesund auf die Welt. Manche mit Wasserkopf oder Hasenscharte. Vor so etwas hatte ich früher riesige Angst während der Schwangerschaft!"*

„Du hast mir nie was davon gesagt ... "

„Das habe ich vorsichtshalber bei mir behalten. Wenn man vom Teufel spricht, dann kommt er .... möglicherweise!"

Mirko fand das übertrieben, er hätte jetzt gern den Fernseher angemacht. Aber ich ließ ihn nicht. Ich wollte doch noch was loswerden – gerade war ich dabei, mir einzureden, es sei besser, Judith würde kinderlos bleiben:

„Keiner weiß, was in den nächsten Jahren alles passiert! Denk an den Klimawandel, all die Naturkatastrophen, Terroranschläge! Vielleicht wäre es besser, wenn einem das erspart bliebe. Nicht zuletzt die Angst vor dem Tod, um den keiner herumkommt – nur der, der erst gar nicht geboren wird!"

„Ach, hör doch auf mit deiner Schwarzmalerei!", stöhnte Mirko. *„Natürlich ist das Leben kein ständiges Zuckerschlecken, - aber es kann doch so schön sein!"*

Er nahm mich in die Arme und ließ mich lange Zeit nicht wieder los.

„Oh ja, " ging mir durch den Kopf, *„wie Recht er hat!"*

Im Dezember wurde es richtig Winter. Man versank bis zu den Knien im Schnee, und es schneite unentwegt weiter. An einem Samstag waren unsere Vorräte wieder einmal aufgebraucht und ich fuhr zum Einkaufen. Unterwegs geriet ich in ein Schneegestöber, die Autofahrt wurde eine ziemliche Katastrophe.

Offenbar hatte seit langem kein Schneepflug die Straßen geräumt, alle Autos rollten vorsichtig, wie auf rohen Eiern. Man musste aber auch wirklich aufpassen, denn überall lagen große Eisklumpen. Es fühlte sich an, als hätte man einen Platten, jedes plötzliche Bremsen bedeutete heilloses Rutschen. Und noch dazu war die Sicht sehr schlecht!

Unterwegs bereute ich es, überhaupt losgefahren zu sein. Ich musste wohl einen Schutzengel haben, denn irgendwie kam ich schließlich unversehrt wieder zu Hause an.

Wie jedes Jahr wurde es zu dieser Zeit schon sehr früh dunkel. Ich wollte immer gern vorher mit dem Füttern der Hühner fertig werden, fing damit vorsorglich schon am Nachmittag an und musste mich trotzdem beeilen.

An den langen Winterabenden schrieb ich Briefe und packte Weihnachtspakete. Ich hatte viele Kekse gebacken, - für die Familie, Freunde und Verwandte. Es duftete danach im ganzen Haus! Jeden Nachmittag tranken wir Tee bei Kerzenlicht, die Papageien hörten Weihnachtslieder, es war wohlig warm bei uns und wunderbar gemütlich.

Draußen dagegen gar nicht. In diesem Winter kam immer wieder ein Habicht, der es auf die kleinen Buntfalken abgesehen hatte.

Stundenlang lauerte er auf der Buche gegenüber von ihrer Außenvoliere. Die Falken schrieen unentwegt, und ich hatte Mühe, ihn zu vertreiben. Später verfolgte er einen Eichelhäher, beide knallten gegen unser Wohnzimmerfenster, erholten sich aber offenbar wieder und flogen in verschiedenen Richtungen davon.

Am 17. Dezember wurde zur Freude aller Betroffenen die Stallpflicht vorübergehend aufgehoben. Ein schöneres Weihnachtsgeschenk hätte es nicht geben können! Ich ließ die Hühner sofort raus.

Allerdings war das Wetter äußerst ungemütlich. Es fiel immer noch Schnee und ein kalter Wind pfiff ihnen entgegen. Aber immerhin, sie konnten sich wieder frei bewegen!

2006

Das neue Jahr begann unerfreulich. An der Ostsee, auf Rügen, brach plötzlich wieder die Vogelgrippe aus. Dort hatte man tote Schwäne mit dem gefährlichen Virus gefunden.

Keiner wusste, wie viele Vögel sonst noch krank waren. Man musste vorsorglich unzählige Tiere keulen. Das bedeutete totschlagen. Es war zum Weinen. Tierschützer protestierten dagegen, erfolglos.

Immer schon hatte ich mir gewünscht, direkt an der Ostsee zu wohnen. Jetzt allerdings nicht mehr. Ich hätte das ganze Elend der Vögel dort nicht ertragen!

Alsbald kam die Vogelgrippe auch in Frankreich an, sie breitete sich immer weiter aus ...
Manch einer schlachtete jetzt sein Federvieh, weil er es nicht monatelang in den *Knast* sperren wollte oder konnte.

Eines Morgens, es war der 21. Januar, entdeckte ich eine Wildschweinmutter mit mehreren winzigen Kindern unter unserem Balkon. Sie taten uns leid, denn es war so bitterkalt draußen.

Ich versorgte sie mit zerstampften Äpfeln, Haferflocken und hartgekochten Eiern. Spezielles Wildschweinfutter war ja nicht im Haus. Die Kleinen, etwa eine Woche alt und nicht größer als Meerschweinchen, tranken noch Milch bei der Mutter.

Offenbar hatte diese aber kaum noch welche, sie war klapperdürr und schien halbverhungert.

In der darauffolgenden Nacht musste etwas passiert sein. Die Wildschweinmutter war am andern Morgen verschwunden und eins ihrer vier Kinder schien verletzt zu sein. Als ich mittags nach ihm sah, war es zu meinem Schrecken nicht mehr da ! Ich suchte es in dem verschneiten Wald, aber vergeblich.

Zurückgeblieben waren drei kleine Wildschweinbabys, mutterseelenallein draußen unter dem Balkon. Sie schmiegten sich eng aneinander, bei ihrem Anblick schmolz mein Mutterherz . Ich hatte zwar keine Ahnung, wie man Frischlinge aufzieht, aber natürlich fühlte ich mich nun verantwortlich für sie - und Mirko half mir dabei.

Es war harte Arbeit, die Kleinen durchzubringen in diesem strengen Winter. Ich kämpfte mich mehrmals am Tag zu ihnen vor. Um zu ihrem Lager zu gelangen, musste ich an einem steilen Abhang unterhalb der Volieren entlang klettern. Der Schnee knirschte unter meinen Stiefeln, immer wieder rutschte ich ab.

Unter dem Balkon war es trocken. Dort bereitete Mirko ihnen ein gemütliches Lager aus Stroh, wo sie sich reinkuschelten.

Sie hatten zwar ihre Mutter verloren, konnten sich so aber wenigstens gegenseitig wärmen und Gesellschaft leisten. Es schneite immer wieder und war bitterkalt.

Zum Glück schmeckte den Kleinen alles, was ich ihnen zu fressen anbot. Zusätzlich bekamen sie von Mirko klein geschnittene Küken, von denen er viele für seine Greifvögel eingefroren hatte.

Später brachte ein Jäger, den Mirko um Rat gefragt hatte, Aufzuchtfutter und Weizen vorbei.

„Was der Bache passiert ist, weiß ich leider nicht.... Aber nun haben sie ja wieder eine Mutter!", sagte er.

Ich nickte und fügte hinzu : *„Ich würde sie ja auch säugen, wenn ich das könnte!"*

Die Wildschweinkinder im Schnee : Winter 2006

Während der folgenden Wochen kamen öfter Wildschweine bei uns vorbei, die auf Futtersuche waren und das Gelände rings um unser Haus durchpflügten. Zum Glück machten sie aber einen Bogen um unsre Adoptivkinder!

Auch der Waldkauz, der nachts mit schwacher Stimme rief, tat ihnen nichts. Ich fürchtete, bei der dichten Schneedecke würde er nichts zu fressen finden und womöglich unsere schutzlosen Frischlinge angreifen.

Dieser Winter war einer der härtesten der letzten Jahrzehnte mit Dauerfrost und ungewöhnlich viel Schnee. Viele Tiere verhungerten in dieser Zeit, wie gern hätte ich sie alle durchgefüttert...

Bei den Hühnerställen hatte ich einen Futterplatz für die Vögel eingerichtet. Sie kamen in Scharen! Zu allererst, das war immer am frühen Morgen, erschien ein Rotkehlchen und fraß sich satt.

Manchmal war ich vor ihm da und froh, wenn es plötzlich doch noch kam. Mit der Zeit wurden wir miteinander vertraut.

Toni, so nannte ich den kleinen Vogel, verlor die Scheu vor mir und landete meistens ganz in meiner Nähe. Besonders auf das Eifutter hatte er es abgesehen.

Auch in späteren Jahren kam er immer einmal vorbei.

Freitag, 10. Februar 2006

Wir ertrinken wieder mal im Schnee. Baumkronen und Äste sind über Nacht abgebrochen. Ich habe vorhin über eine Stunde lang Schnee geschippt.

Aber es ist ja gemütlich bei uns im Haus. Ich war gerade in der Sauna und fühle mich jetzt wie neugeboren!

Gleich backe ich einen Apfelkuchen für den Nachmittag. Wegfahren entfällt, die verschneiten Straßen sind zu unsicher.

Gestern gab es einen sehr schlimmen Busunfall in Coppenbrügge. Ein Sattelschlepper kam dem mit vielen Schülern besetzten Bus entgegen, rutschte auf dem Glatteis genau gegen den Bus und schlitzte ihn an der Fahrerseite fast an der gesamten Länge auf...

Drei Kinder sind tot, viele verletzt. Coppenbrügge kenne ich ja gut, ich bin dort ein paar Jahre zur Schule gegangen. Darum berührt mich das besonders.

Dass es solche Tragödien gibt, dass manche so entsetzlich leiden müssen, auch Tiere. Zum Beispiel der junge Specht, der im letzten Herbst immer zum Futterhäuschen gekommen war und eines Tages auf dem Bürgersteig neben unserer Hecke lag.

Eine Elster hatte ihn erbarmungslos totgehackt. Mirko hörte ihn schreien und kam leider zu spät.

Auch für unser Federvieh galt seit dem 18. Februar wieder die Stallpflicht. Das Martyrium begann also aufs Neue.

Bevor ich die Hühner einsperrte, säuberte ich die Ställe noch einmal gründlich. Dann fuhr ich los, um mehrere Ballen Stroh und Heu zu besorgen – als Streu für die nächste Zeit.

Mittags kam die Post, darunter ein Brief von Sarah, einer ehemaligen Schülerin. Manche Kinder schrieben mir noch immer von Zeit zu Zeit ein paar Zeilen. Auf dem Umschlag von Sarahs Brief stand direkt über der Anschrift **„Für meine liebe Frau Swensson!"**
Das war typisch Sarah – so etwas machte nur sie ....

Liebe Frau Swensson,
wie geht es dir? Vielen Dank für die schöne Katzenkarte. Ich hab mich sehr darüber gefreut. Im Zeugnis hatte ich in Mathe eine 4. Aber ich werde die 4 auf eine 2 bringen dir zu Liebe. Das H.D.O.M.G.D.L. bedeutet: ***Hab Dich OberMega Ganz doll lieb!***

Ich hab dich lieb,

deine Sarah

PS: Das blaue Auge schenke ich dir. Trage es immer bei dir – es wird dir Glück bringen!*

*Das „blaue Auge" war eine winzig kleine Glasperle.
Ich hütete sie lange Zeit ...

Im März waren die Wildschweinkinder schon tüchtig gewachsen und sie sahen wonnig aus! Wir hatten viel Freude an ihnen. Alsbald wurden sie unternehmungslustig und durchstreiften die nähere Umgebung.

Eines Tages riefen Nachbarn beim Jäger an und beschwerten sich, dass drei kleine Wildschweine ihren Rasen verwüstet hätten. Vor allem hatten sie ernsthaft Angst vor deren Mutter, die sie in ihrer Nähe vermuteten. Unsere Waisenkinder machten sich zunehmend unbeliebt.

Es war noch immer eisig kalt draußen. Ich lief jeden Morgen von Stall zu Stall und goss aus einem Teekessel heißes Wasser in die zugefrorenen Tränken der Hühner. Ich war froh, nun die Zeit dafür zu haben. Früher, als ich noch im Schuldienst war, konnte ich mich kaum um die Hühner kümmern. Damals wurden sie in der Hauptsache von Mirko versorgt.

Ich nahm ihm nun gern diese Arbeit ab, zumal er immer noch reichlich zu tun hatte mit seinen Greifvögeln und natürlich auch im Büro. Früher hatte er deswegen die Hühner bis mittags warten lassen, und abends schaffte er es manchmal erst, ihnen ihr Futter zu bringen, als sie schon auf ihren Stangen saßen.

Alle vier Wochen fuhr Mirko los, um kistenweise tote Küken - es waren etwa 8 000 ! - für seine Greifvögel zu holen. Mich bekümmerte der Anblick der armen Tiere sehr.
Kaum waren sie geschlüpft, mussten sie sterben ...

Übrigens, unsere Hühner entpuppten sich als Kannibalen. Sie fraßen sehr gerne rohes Fleisch, auch das von kleinen toten Küken! Da waren sie ganz scharf drauf.

Der eisige Winter machte nicht nur uns das Leben schwer. Judith und Wolfram hatten für den 11. März einen Flug nach Teneriffa gebucht. Bei ihnen in München herrschte ausgerechnet an diesem Tag schlimmes Schneechaos. Die S-Bahn fuhr nicht mehr, auf dem Münchner Flughafen war gerade ein Flugzeug ausgerutscht. Alle Flüge wurden daraufhin abgesagt.

An manchen Tagen schneite es ununterbrochen. Hörte denn das nie auf? In der Garagenausfahrt türmte sich der Schnee, das Vogelfutter war zugeweht, keiner ging gern vor die Tür.

Immer wieder war Schneeschaufeln vor dem Haus angesagt. Außerdem mussten die Scobalit- Dächer der Volieren und Hühnerställe abgeharkt werden. Sie waren normalerweise durchsichtig, wenn aber Schnee darauf lag, nicht mehr. Dann saßen die Tiere auch tagsüber im Dunkeln. Das ging natürlich nicht.

Eines Tages - es lag immer noch Schnee - flogen Kraniche laut rufend über unser Haus in Richtung Nordosten.

„Wie schön, " rief ich meinem Mann zu. *„Hoffentlich bleiben sie gesund und kriegen nicht die Grippe!*" Leider hatte sich die Vogelgrippe immer mehr ausgebreitet.

Das war allen unheimlich, keiner fühlte sich mehr sicher. Ich hatte gehört, Singvögel seien nicht gefährdet. Aber konnte man da sicher sein? Möglicherweise wurde unser Vogelhäuschen eines Tages noch Brutstätte dieser scheußlichen Krankheit. Bloß das nicht !

Die Zugvögel, die jetzt in Scharen gen Norden zogen, erwartete eine ungastliche Schneewüste in Mecklenburg-Vorpommern. Sie konnten wohl keine Hilfe erwarten, im Gegenteil: Die Leute fürchteten ja, sie würden die Vogelgrippe einschleppen und dachten gar nicht daran, sie zu füttern.

Im Papageienzimmer war es zwar mollig warm, aber seit langem fehlten dort frische Zweige mit grünen Blättern. Ich machte ihnen darum öfter einmal eine Freude mit gekeimtem Körnerfutter und anderen Leckereien. Und ich bemühte mich, sie immer gut zu beschäftigen.

Ich hatte Gespräche mit Kiki auf Kassetten aufgenommen. Von Zeit zu Zeit machte ich eine davon an. Jedes Mal waren die Papageien verwundert und reckten ihre Köpfe neugierig in die Richtung des Rekorders. Daraus erklang Kikis Stimme – man hätte denken können, es sei life!

Seine Stimme war unverkennbar und auch sein Vokabular: „Guten Morgen, ich komm gleich .... schmeckt gut ... guten Appettschön!" und noch mehr.

Dass seine Stimme aus dem Apparat kam, obwohl er doch oben auf einem Ast saß, war sicher rätselhaft für die Vögel, auch für Kiki. Aber auf jeden Fall eine Abwechslung!

Zum Frühlingsanfang schmolz der Schnee, endlich wurde es wärmer. Vom Esszimmer aus konnte ich direkt auf den Balkon sehen.

Eine einzelne Türkentaube landete gerade auf dem Geländer. Vor ein paar Monaten hatte ich noch ganze Schwärme von ihnen beobachtet. Ich fragte mich, wo sie geblieben waren. Hoffentlich nicht alle erfroren oder vom Habicht gefressen?

Der nahe Wald war alsbald voller Vogelgezwitscher. Merkwürdig, ich konnte nicht einen von den kleinen Sängern entdecken. Dabei waren die Bäume ja noch ganz kahl!

In dieser Zeit starb überraschend eine der beiden Hennen im Frauenhaus. Es war Karla, ein unschuldiger, allerliebster Engel. Am Morgen hatte sie nichts mehr gefressen und sich unter das Rotlicht gelegt.

Als ich am Abend nach ihr sah, war sie tot. Leonie saß neben ihrer toten Freundin im Heu. Ach, es war traurig.

Gerupft, fast überall kahl, war sie ja im vorigen Jahr zusammen mit Leonie im „Frauenhaus" einquartiert worden. Da hatte sie sich sichtlich wohl gefühlt und wunderbar erholt.

Es war vermutlich die beste Zeit ihres kurzen Lebens. Sie hatte ein ruhiges, zurückhaltendes Wesen und es auch hingenommen, dass Leonie ihr immer die fetten Bissen geklaut hatte.

Dienstag, 21. März 2006

Beklemmender Stimmungsbericht:

Karla tot – Leonie allein – Gerichtsvollzieher klingelt. Er will Geld von Mirko .... Ich lenke mich ab mit Staub saugen und Gardinen waschen.

Arme Karla. Mirko meint, sie ist von den Weintrauben krank geworden! Die sind wohlmöglich gespritzt. Ich hatte sie aber gut gewaschen, und die andern Hühner leben ja noch.

Wer weiß, vielleicht hat sie eine vergiftete Maus gefressen. Die Hennen fressen tatsächlich Mäuse !

In der Nacht bin ich immer wieder aufgeschreckt. Ich musste dauernd an Karla denken und auch an Leonie, die ja nun allein im Stall umherirrt.

Zum Frühstück habe ich mir dann Mut angetrunken mit Johannas Tee „Mut". Das ist eine ayurvedische Kräuterteemischung mit diesem Namen. Der Glaube soll ja Berge versetzen.

Mirko hat Karla nun durch Rosa, eine von Charlys Hennen, ersetzt. Charly hat ihn zwar angegriffen, als er in seinen Harem eindrang – und Rosa ließ sich ungern fangen – aber jetzt ist alles überstanden, und Leonie nicht mehr allein.
Nur leider mögen sich Leonie und Rosa wohl nicht. Sie keifen sich dauernd auf Hühnerart an!

Am Nachmittag gab es aus heiterem Himmel ein Gewitter, ein sehr heftiges mit verblüffend großen Hagelkörnern. Noch nie habe ich derartige gesehen!

Hoffentlich haben sie nicht den einen oder anderen Vogel erschlagen! Sie kamen ja mit Wucht herunter und prasselten wie eine Ladung Steine auf alles.

Das Schild ‚LEONIE und KARLA' am Frauenhaus hatte ich nun abgemacht und durch ‚LEONIE und ROSA' ersetzt. Ich hoffte, die beiden würden sich zusammenraufen.

Vorläufig taten sie sich aber leider schwer damit. Sie gackerten sich noch immer gereizt und missmutig an. Konnte man ja verstehen. Leonie trauerte um Karla. Und Rosa wurde von ihr untergebuttert und sehnte sich nach ihrem alten Stall.

Dort hatte sie das Glück gehabt, von Charly in Ruhe gelassen zu werden! Sie war nicht mehr ganz jung, legte keine Eier mehr und hatte wohl nicht den Sexappeal, der Hähne anzieht.

Uta, eine ehemalige Kollegin von mir, hatte seit einigen Jahren Parkinson. Sie litt an Schüttellähmung und diffusen Schmerzen, obendrein wurde sie immer steifer.

Es gab keine Heilung, aber sie versuchte tapfer, damit leben zu lernen. Ihr Arzt hatte ihr empfohlen, regelmäßig spazieren zu gehen. Sie freute sich immer, wenn ich sie begleitete.

Als ich eines Tages wieder einmal bei ihr klingelte, ging es ihr gerade nicht gut. Sie zitterte und hatte Probleme, einen Fuß vor den andern zu setzen.

Eine ihrer Tabletten half ihr dann aber nach einer Weile wieder auf die Beine. Ich war erleichtert und staunte, was Medizin so bewirken konnte!

Wenn Uta nach ihrem Tiefpunkt erst einmal in Schwung kam, hatte ich direkt Mühe, mit ihr Schritt zu halten. Das war auch diesmal so.

Wir fuhren an eine Talsperre und gingen dort am Ufer entlang. Eine halbe Stunde in die eine Richtung, und dann wieder zurück bis zum Auto.

Der Wind pfiff uns um die Ohren, das Wasser platschte gegen die Sperrmauer, gelegentlich zeigte sich die Sonne. Wir kamen uns vor wie an der See, wunderbar!

Solch ein Spaziergang tat Uta immer gut. Wenn es irgend ging, verabredete ich mich mit ihr jede Woche einmal.

Das klappte nicht immer, weil es bei uns im Haus und auch drum herum immer viel zu tun gab. Im April war ich mit dem Frühjahrsputz beschäftigt; auch wurde es höchste Zeit, den Garten auf Vordermann zu bringen.

Mirko mähte den Rasen und pflanzte kleine Tannen um, die sich im Komposthaufen angesiedelt hatten. Ich machte mich daran, die Hühnerställe auszumisten.

Inzwischen war im Frauenhaus Friede eingekehrt. Rosa und Leonie spazierten gerade gemeinsam über den Rasen und suchten nach Regenwürmern.

Bei dem alten Hahn Otto mussten dringend die Sporne gekürzt werden. Sie waren zu lang geworden, - Otto konnte schon gar nicht mehr laufen damit.

Als Mirko ihn fing, regten sich alle auf, die Hühner und auch ich. Ich hätte mich nicht getraut, ihn zu greifen und fürchtete, das Sporenabschneiden würde wehtun.

Wie war ich erleichtert, als das überstanden war!
So einiges konnte Mirko, was ich nicht konnte ...

Dies war einer der anstrengenden Tage gewesen. Am Abend gingen wir in die „Hermannsburg", dem Gasthaus um die Ecke.

Da konnte jeder für 8,88 Euro so viel essen wie er wollte. Mirko war scharf auf mehrere Schnitzel!

Der April ging zu Ende, die Hühner waren immer noch eingesperrt. Wenn die Sonne schien, taten sie mir besonders leid. Dann brachte ich ihnen öfter einmal frischen Salat und setzte mich ein bisschen zu ihnen.

Die kleine Leonie war besonders zutraulich. Sie ließ sich widerstandslos auf den Arm nehmen und fühlte sich herrlich weich an. Wenn sie mal in Hühnerkacke getreten war, durfte ich sie von ihrem Füßchen abwischen. Andere Hennen waren viel scheuer und hätten mir das nicht erlaubt.

Seit die Erde nicht mehr gefroren war, bekamen sie auch von Zeit zu Zeit Grassoden mit Regenwürmern. Das war dann überhaupt der Hammer. Immer wieder gackerten sie vor Freude, als sie einen Wurm entdeckten.

Die Stallpflicht machte alle fertig. Wer selber Geflügel hatte, litt entsetzlich mit, wohl im Gegensatz zu denen, die am Schreibtisch die Gesetze machten. Langsam war ich es satt, die Hühner tagaus, tagein einzusperren!

Ein Bauer tröstete seine Enten mit ein paar Badewannen voll Wasser, die er in ihren Stall geschoben hatte. Manch einer bemühte sich immer wieder, den Tieren eine kleine Freude zu machen. Aber mit welch einem Arbeitsaufwand.

Und teuer war es auch ...

30. April 2006

So was !
Draußen ist alles weiß, das Thermometer zeigt knapp zwei Grad über Null an. Das ist ja eine Überraschung! Also schnell was anziehen und die Rotlichter bei den Hühnern anmachen.

Wir haben wirklich sehr turbulentes Wetter. Gerade rumort es im Himmel, kurz darauf donnerndes Getöse. Wenig später scheint die Sonne. Kaum ist sie da, verschwindet sie auch schon wieder. Der Himmel wird unheilvoll dunkel, es regnet in Strömen.

Anschließend strahlt die Sonne lichterloh durch riesige Wolkengebirge hindurch. April, April ... !

Morgen ist der 1. Mai. Den grölenden, saufenden, Birken klauenden Leuten, die Wälder und Wiesen (auch unsere!) am 1. Mai in Müllhalden verwandeln, wünsche ich, dass es dann ein Schneechaos gibt oder Bindfäden regnet.

Jetzt muss ich für Mirko einen Schriftsatz schreiben. Die Sache ist eilig.

Aus unserem Wald verschwanden in der Nacht zum 1. Mai mehrere kleine Birken, aber erfreulicherweise war der Zaun diesmal nicht beschädigt worden. Meine Wünsche erfüllten sich nicht. Der Schnee schmolz und es regnete auch keine Bindfäden.

Mirko hörte es zuerst im Radio:

„Die Stallpflicht in Nordrhein - Westfalen wird ab dem 11. Mai 2006 aufgehoben."

Endlich!

O welches Glück, nun durften unsre Hühner raus aus dem Knast! Es war für alle eine Erlösung. Sie konnten nun wieder nach Herzenslust draußen scharren, in der Erde picken und herumspazieren.

Passend zu diesem glücklichen Tag hatten sie herrliches Wetter. Die Natur explodierte, überall brachen die Knospen auf, die Bäume schlugen aus. Auch die beiden Ahornbäume vor unserem Haus.

Der eine wurde hellgrün und der andere direkt daneben bekam zarte dunkelrote Blätter, zauberhaft. Jedes Jahr wiederholte sich dieses Wunder, und immer wieder waren wir beeindruckt.

Es war Radfahrwetter. Ich fuhr nun oft ein bisschen durch die Gegend, vorbei an grünen Wiesen, auf denen jetzt überall der Löwenzahn leuchtete.

Am Wegesrand standen mehrere wilde Kirschbäume. Mit ihren weißen Blüten vor dem blauen Himmel sahen sie wunderschön aus. Das Paradies könnte kaum schöner sein, fand ich.

Vor unserem Balkon hatte bis vor einigen Tagen ein großer wilder Kirschbaum gestanden, über den die Eichhörnchen zu dem Vogelfutterhaus auf dem Balkon kletterten.

Bei einem heftigen Sturm wurde der Baum entwurzelt und fiel in die Hecke zum Nachbargrundstück.

Mirko hatte vor, den Baum zu zersägen und die Nachbarin von der in ihren Garten ragenden Baumkrone zu befreien. Er wollte nur abwarten, bis ihm dabei ein Bekannter helfen konnte.

Ehe dieser kam, zog erneut ein Unwetter auf. Ein gewaltiger Sturm – ein Tornado? - fegte ganz plötzlich über uns hinweg und kurz danach war alles vorbei. Als Mirko aus dem Fenster schaute, traute er seinen Augen nicht:

Der entwurzelte Baum stand wieder aufrecht vor dem Balkon!

Gleich nach dem Sturm sicherte Mirko den wilden Kirschbaum mit einem Seil zur benachbarten Süßkirsche und sägte die Hauptäste der Krone ab.

Zwar wuchs die Wildkirsche nicht wieder an, aber der Baumstamm stand noch Jahrzehnte weiter an seinem Platz und gewährte den Eichhörnchen den Zugang zu unserem Balkon.

Auf den abgestorbenen Ästen fütterten noch viele Generationen von Spechten und Wildtauben ihre Jungen mit dem Futter, das wir für sie bereitlegten.

Eines Morgens, es war Ende Mai, lag Rosa mausetot im Stall. Welch ein Jammer ! Am Tag zuvor war sie noch herumgelaufen, so als fehlte ihr nichts. Arme Rosa!

Leonie, nun wieder allein, bekam zur Gesellschaft die kleine Twiggy, eine von Ottos braunen Hennen. Er hatte ihr den Rücken ganz kahl gerupft, im Frauenhaus konnte sie sich nun ein bisschen erholen. Eigentlich hätte sie schon längst von ihm getrennt werden müssen.

Es wurde immer einsamer in den Ställen. Otto hatte jetzt noch zwei braune Hennen, Charly zwei weiße, und im Frauenhaus erholten sich Leonie und Twiggy.

Ich mochte sie ja alle, unsere Hühner. Manche aber ganz besonders, dazu gehörte die kleine Twiggy. Sie lebte sich schnell ein im Frauenhaus und passte auch energisch auf, dass sie nicht zu kurz kam.

Sie sang, erzählte, schrie ihren Unmut heraus und war sehr ungeduldig. Dabei hatte sie die Gabe, deutlich zu zeigen, wie sie sich fühlte. Bei Bedarf ließ sie lautstark und ungeniert „die Sau raus"!

Anfangs rannten wir bei ihrem Geschrei besorgt zu ihr, es klang als hätte sie Bauchweh oder als würde ein Fuchs an ihr zerren. Aber zum Glück fehlte ihr gar nichts, sie hatte wohl einfach nur lange Weile oder schlechte Laune.

Die Einrichtung des Hühner-Frauenhauses bewährte sich, den Hennen tat sie gut! Alle, nicht nur die kleine Twiggy, sind da erst zu ihrer vollen Entfaltung gekommen.

Sonntag, 11. Juni 2006

Leonie weckte uns heute Morgen in aller Frühe. Sie hatte ein Ei gelegt und krakelte unermüdlich.

Mein rechtes Auge tränte, meine Nase lief und ich musste unentwegt niesen. Hatte ich jetzt neuerdings eine Pollenallergie? Oder kam das von dem Parfüm, das Kolja *mir aus Grasse mitgebracht hatte?*

Eigentlich wollte ich noch ein bisschen im Bett lesen, aber das ging nicht besonders gut,- mit tränendem Auge war die Sicht zu schlecht.

Eine Spinne über mir an der Zimmerdecke fädelte sich obendrein zu mir herab. Ich fing sie mit der Zeitung auf, trug sie vor die Haustür und ging dann unter die Dusche.

Heute Nachmittag gibt es wieder mehrere Fußballspiele (Weltmeisterschaft) im Fernsehen. Die will Mirko sich alle ansehen. Also werden wir wohl nicht dazu kommen, in Ottos Stall was gegen die Milben zu unternehmen.

Es ist dringend notwendig. Die Hühner wollen gar nicht mehr da reingehen. Und bei mir juckt es auch schon...

Am darauf folgenden Tag fegten wir Ottos Stall dann gründlich aus und besprühten ihn und seine Hennen mit einem Mittel gegen Ungeziefer. Nun juckte es keinen mehr.

Anschließend machte ich mich daran, die überall wuchernden Brennnesseln im Hühnerhof mit der Heckenschere abzuschneiden. Ich musste mich dazu ständig bücken und auch aufpassen, dass mir die Nesseln nicht die bloßen Beine verbrannten. In der Mittagshitze war das recht schweißtreibend.

Charly und Mariechen liefen gerade draußen herum. Sie kamen neugierig angelaufen und freuten sich über die Abwechslung. Immer, wenn eine Brennnessel hinfiel, gackerte Charly und tat so, als wäre das ein Leckerbissen.

Später am Nachmittag wurde ich zufällig Zeuge davon, wie Mariechen einen ellenlangen, dicken Regenwurm runterschluckte. Schwupp, und weg war er!

Sie sah sonst immer so unschuldig aus, als könnte sie keiner Fliege was zuleide tun. Und dann machte sie einfach so etwas. Erstaunlich !

Am nächsten Tag blieb sie im Stall, was überhaupt nicht zu ihr passte. Sie fraß auch nichts, und ich machte mir Sorgen.

Am Abend flog sie nicht wie sonst immer nach oben, sondern übernachtete unten im Heu. Was war nur los mit ihr?

Seit kurzem hatte Charly nur noch eine einzige Henne, und das war Mariechen. Würde sie sterben, dann wäre er ganz allein! Manche Hühner starben leider ganz schnell.

Schweren Herzens öffnete ich am nächsten Morgen seinen Stall. Ich fürchtete, Marie läge tot im Heu. Aber nein, sie saß doch tatsächlich neben Charly auf der Stange! Ach , diese Erleichterung. Vielleicht hatte ihr nur der dicke Regenwurm schwer im Magen gelegen ...

In der folgenden Zeit wurde es sehr warm und zunehmend schwül. Wir bekamen häufig im Schlafzimmer Besuch von den verschiedensten Insekten – denn das Fenster war immer weit geöffnet.

Manchmal setzten sich dicke Motten auf mein Buch. Ich fing sie und schubste sie ins Dunkel. Bei aller Tierliebe, ich mochte das nicht.

Ich traf mich in regelmäßigen Abständen mit meinen ehemaligen Kolleginnen zum Kaffeeklatsch. Es war jedes Mal schön für mich, bekannte Gesichter zu sehen und es tat mir gut, nicht immer nur mit den Tieren zu Hause zu reden.

Einige, die wie ich ihren Ruhestand genossen, erzählten von ihren Reisen und was sie sonst so machten. Sie begaben sich auf Kreuzfahrten, ließen sich in Schönheitsfarmen verwöhnen, besuchten Yogakurse – und wurden heimlich beneidet von denen, die noch Tag für Tag Dienst taten.

Aber nicht jedem ging es gut, sie wurden ja alle älter und im Laufe der Jahre blieben ihnen Arztbesuche nicht erspart. Eine Kollegin, seit einigen Jahren Witwe, war depressiv und in psychotherapeutischer Behandlung.

Eine andere hatte wenige Wochen nach ihrer Pensionierung Brustkrebs bekommen. Ihre Welt war damals aus den Fugen geraten, auf so etwas war sie nicht vorbereitet. Man operierte sie, es folgten Chemo und Bestrahlung. Es war eine schlimme Zeit. Aber am Ende ging alles gut, sie wurde wieder gesund.

Johanna hatte ja inzwischen wieder Freude an der Schule. Es war wie in früheren Zeiten, als es bei ihr in den Klassen keine Problemkinder wie Uwe gegeben hatte. Ihre Tochter Marit hatte offenbar endgültig die Magersucht überstanden. Sie sah allerliebst aus! Gerade hatte sie ihr Abitur gemacht.

So gesehen, konnte Johanna sich wirklich nicht beklagen. Allerdings fühlte sie sich in letzter Zeit oft schlapp. Morgens hätte sie Bäume ausreißen können, da ging es ihr noch gut. Leider war damit ab Mittag meistens Schluss. Dann erledigte sie nur noch das Notwendigste und verbrachte den Rest des Tages auf dem Sofa.

Neuerdings wurde sie auch vergesslich. *„Nanu, werde ich jetzt alt?"*, fragte sie sich. Sie hatte vor ein paar Tagen für eine Freundin einen Fleurop-Gutschein zum Geburtstag gekauft, ihn eilig irgendwo abgelegt und konnte ihn anschließend nicht wieder finden.

Manchmal passierte es ihr, dass sie einen Laden betrat und vergessen hatte, was sie eigentlich kaufen wollte. Es kam auch vor, dass sie in die Stadt fuhr und

unterwegs auf einmal nicht mehr wusste, was sie da vorhatte.
Immer öfter wurden Rechnungen angemahnt, die sie vergessen hatte zu bezahlen. Das passte gar nicht zu ihr, gewissenhaft wie sie doch eigentlich war.

Johanna merkte, sie war ab und zu ein bisschen schusselig .... Das fand sie aber nicht weiter schlimm.

Dass ihr allerdings öfter einmal der Name von einem ihrer Schulkinder entfallen war, beunruhigte sie schon ein bisschen. Sicherheitshalber fertigte sie sich einen Sitzplan von ihrer Klasse an und befestigte ihn gut sichtbar auf dem Pult.

In der Schule gab es eines Tages Theater wegen einer toten Amsel. Zwei Mädchen hatten sie in der Pause im Gebüsch am Schulhof gefunden und Johanna gebracht. Sie war äußerlich völlig unversehrt.

Möglicherweise war sie gegen eine Fensterscheibe geflogen. Johanna nahm sie in die Hand und erzählte ihnen, dass sie nun keine Schmerzen mehr hatte und im Himmel war.

Schließlich schickte sie die Mädchen mit dem Vogel zu deren Klassenlehrerin. In der Hoffnung, dass die ihn zusammen mit den Kindern beerdigen würde ...

Aber das war ein Fehler, wie ihr erst hinterher aufging! Die Klassenlehrerin Christa Schröder erschien in der darauf folgenden Stunde aufgeregt bei Johanna und erkundigte sich sehr vorwurfsvoll, ob sie den toten Vogel wirklich einer ihrer Schülerinnen in die Hand gelegt hatte. Sie hatte!

„Da bleibt einem doch die Spucke weg!", sagte Christa kopfschüttelnd, verließ die Klasse und knallte die Tür hinter sich zu.

Wahrscheinlich hatte die Amsel ihr Grab inzwischen in einer Mülltonne gefunden.

Stimmungstief bei Johanna ...

Davon wurde sie im darauf folgenden Sportunterricht abgelenkt, denn da gab es neue Aufregung. Nach einem wilden Abtreffspiel, bei dem ausgerechnet Taiwans Mannschaft verlor, hätte es beinahe Mord und Totschlag gegeben.

Taiwan, ein guter Ballspieler, ärgerte sich schrecklich über diese Niederlage. Georg, ein Junge aus der Siegermannschaf, rief dann auch noch *„looser, looser!"*

Da traten Taiwan vor Wut die Tränen in die Augen und er ging wie ein wilder Stier auf ihn los. Es war gar nicht leicht für Johanna, ihn zu besänftigen...

Sein feuriges Temperament ging leicht einmal mit ihm durch. Wenn erst einmal sein Blut in Wallung geriet, fiel es ihm schwer, sich zu beherrschen.

Die Sommerferien verbrachte Johanna am Gardasee. Sie kannte ihn aus früheren Jahren, liebte das milde Klima und auch die Italiener.

Ihre Tochter war dabei, sich auf ihr Studium vorzubereiten. Schon seit langem war ja ihr Wunsch gewesen, Medizin zu studieren. Mit dem dazu erforderlichen guten Notendurchschnitt – ihrer war 1,1 – bekam sie problemlos einen Studienplatz an der Christian-Albrecht-Universität in Kiel.

Ohne lange zu überlegen, hatte sie sich für Kiel entschieden, weil es an der Ostsee liegt. Sie liebte das Wasser und die Möwen und den weiten Horizont!!!

In diesem Sommer lockte die Fußball-Weltmeisterschaft Mirko oft vor den Fernseher. Durch ihn kam ich auf den Geschmack. Mich beeindruckte diese Vielfalt von Menschen aus aller Welt. Großartig, dass so etwas überhaupt möglich war.

Die Spieler kamen aus den entlegensten Ecken unseres Planeten, - einfach toll. Das alles zu organisieren war sicher eine Mammutaufgabe!

Beim Halbfinale gegen Argentinien hätte Deutschland um ein Haar verloren! Die Straßen waren währenddessen wie leergefegt, alle verfolgten diesen bitterernsten Kampf.

Ich gebe ja zu, ich habe auch die Luft angehalten, so spannend war es. Die Argentinier schossen das erste Tor, und nur mit Mühe gelang den Deutschen später auch mal eins.

Am Ende hatten sie dann einfach Glück beim Elfmeterschießen! Dabei habe ich nicht mehr zugeguckt – es war mir zu aufregend. Ich ging stattdessen die Hühner einsperren.

Währenddessen gellte ein Siegesgeschrei aus einem der Nachbarhäuser, und da wusste ich Bescheid. Die Leute fuhren laut hupend durch die Straßen. Mirko hatte es auch immer gern, wenn die Deutschen gewannen. Ihr Sieg machte ihn schließlich glücklich!

Aber ach, es währte nicht lange, das Glück. Als er anschließend seine vielen Falken füttern wollte, waren die Schlüssel zu den Volieren auf einmal spurlos verschwunden. Wir suchten verzweifelt nach ihnen, draußen wurde es allmählich dunkel und die armen Tiere taten uns leid.

Sie hatten ja schon den ganzen Tag auf ihr Futter gewartet! Gerade, als wir die Hoffnung aufgegeben hatten, entdeckte Mirko sie unter einer der Futterkisten!

Pünktlich zur Fußballweltmeisterschaft hatte sich sonniges und warmes Wetter eingestellt. Weiche warme Luft, keine Wolke am Himmel, tausend Vogelstimmen im Wald ...

Ich fuhr in diesem Sommer jeden Morgen in aller Frühe zur Talsperre. Viele freie Parkplätze, kein Lärm, kein Gedränge, wunderbar!

Allerdings fühlte ich mich nie sicher, so ganz allein auf weiter Flur. Das hatte seine Gründe ...

Ich war als junges Mädchen überfallen worden. Das war mittlerweile lange her, aber ich hatte es nicht vergessen.

Mit 16 Jahren hatte ich zusammen mit meiner Schwester und zwei Freundinnen eine Radfahrt entlang der jugoslawischen Adria gemacht.

Wir zelteten auf einer Wiese am Ufer des damals noch glasklaren Mittelmeers. Wir waren dort ungestört, keine Menschenseele ließ sich blicken.

Eines Nachts wurde ich plötzlich aus dem Zelt gezerrt. Ich wusste erst nicht, wie mir geschah, schlaftrunken wie ich war.

Ein Mann mit einem affenähnlichen Gesicht zog mich aus und drückte mit Gewalt seine groben Finger in meine Scheide. Währenddessen röchelte er wie ein Tier.

Es tat fürchterlich weh, dieser Kerl hatte scharfe Fingernägel und bohrte immer tiefer, - er hörte eine Ewigkeit lang nicht auf.

Ich schrie nicht um Hilfe und wehrte mich nicht, aus Furcht, er würde mich dann umbringen. Ich hatte wirklich Todesangst! Der Überfall vollzog sich darum fast lautlos, sodass meine Schwester und die andern davon nichts mitkriegten. Was mich allerdings noch heute wundert. Sie müssen sehr tief geschlafen haben. Der geile Kerl ließ schließlich von mir und verschwand.

Ich schleppte mich zurück ins Zelt, zitterte am ganzen Körper und fühlte mich unsagbar beschmutzt und erniedrigt. Und es tat so weh !

Am nächsten Morgen setzten wir unsere Radfahrt fort. Tagelang litt ich auf meinem Sattel unter diesen Schmerzen. Wieder blieb ich stumm vor Scham. Keiner hat damals erfahren, was mir in der Nacht passiert war!

Erst viele Jahre später habe ich mich mit meiner Schwester darüber unterhalten. Sie hat damals tatsächlich nichts von dem Überfall gemerkt. Eigentlich unvorstellbar. Oder hat sie das einfach verdrängt?

So viel zu Thema Scham !
Und zu der Angst vor geilen Männern.
Seit ich allerdings von den Gräueltaten an Frauen in Kriegsgebieten hörte, ist mir klar geworden, dass ich vergleichsweise noch viel Glück gehabt habe.

Dort wurden Zehntausende vergewaltigt und danach auch noch von ihren Ehemännern verstoßen. Es ist erschütternd und ich kann es einfach nicht glauben.

Im Weltspiegel wurden sie zitiert: *„Wie Raubtiere fallen sie über uns her, es ist ihnen egal, ob wir 80 sind oder 8.“*

Es war inzwischen Juli geworden. Ich lag in der Hängematte, döste vor mich hin und genoss die warmen Sonnenstrahlen und den blauen Himmel über mir. Die Hängematte war zwischen Haus und Hühnerstall befestigt, hoch über Brennnesseln, Ameisen und Zecken.

Aus meiner Ruhe wurde aber nicht viel, weil irgendwo in der Nähe eine Fliege um ihr Leben kämpfte. Das konnte ich nicht mit anhören. Das arme Geschöpf schien immerzu auf der Stelle zu strampeln – in wachsender Panik. Es musste in ein Spinnennetz geraten sein.

Notgedrungen erhob ich mich und machte mich auf die Suche nach der Fliege, aber ohne Erfolg. Das Summen verstummte, begann dann wieder, wurde schwächer und schließlich war es gänzlich still. Jetzt war mir die Freude an dem Sonnenbad vergangen ....

Bullenhitze ein paar Tage später, - über 30 Grad im Schatten. Und es sollte noch wärmer werden! Am besten auszuhalten war es im Keller oder im Wasser.

Wir zogen nur noch das Notwendigste an. An der Talsperre begegnete ich einer Frau in meinem Nachthemd! Ich hatte mir dasselbe gerade für warme Sommernächte im Supermarkt gekauft.

Mauersegler flogen in Scharen über die Dächer, auf der Jagd nach Insekten. Die gab es ja jetzt reichlich. Nachts kühlte es kaum ab.

Bei den Papageien stellte ich jeden Nachmittag das große Fenster auf Kipp. Weil ich Angst hatte, dass sie sich durch den kleinen Spalt zwängen könnten, setzte ich mich solange davor aufs Fensterbrett.

Das gefiel ihnen! Sie scharten sich um mich und wir ‚kommunizierten' mit Worten und Liedern. Etwa eine halbe Stunde jeden Nachmittag. Kurz bevor ich den Hühnern wieder Gesellschaft leistete ...

Vor allem der alte Hahn Otto vertrug die hohen Temperaturen offensichtlich gar nicht gut. Er ging jetzt immer schon gegen 17 Uhr auf seine Stange, seine Hennen Rebekka und Luise setzten sich erst dazu, wenn es dunkel wurde!

Die Vögel standen Schlange vor der Wasserschüssel auf dem Balkon. Noch am Abend kamen durstige Eichhörnchen. Sie reckten sich vom Rand der halbleeren Regentonne zum Wasser hinunter, tranken und verschwanden dann eilig.

Die Wildschweinkinder kamen früh morgens und oft auch abends vorbei. Wir hörten sie dann grunzen und freuten uns jedes Mal, wenn sie bei uns auftauchten. Es ging ihnen gut, sie sahen wunderbar aus.

Leider war ihnen kein langes Leben vergönnt. Sie tauchten immer wieder in den Gärten auf und machten viel kaputt. Obendrein wurde ihnen ihre Zutraulichkeit zum Verhängnis. Die Leute fürchteten, sie hätten die Tollwut und benachrichtigten die Jäger. Im Laufe des Spätsommers wurden zwei von ihnen erschossen. Das dritte, wir nannten es Joringel, wirkte verloren und einsam, seit seine beiden Geschwister nicht mehr lebten.

Am Ende des Jahres, in der Sylvesternacht, hat man schließlich zu unserem Kummer auch sein Leben ausgelöscht.

Freitag, 14. Juli 2006

Meldung aus dem Paradies ...

Oh, was für ein wunderbarer Morgen !

Da waren's nur noch vier! In meiner Badebucht schwammen sonst immer viel mehr Enten. Hoffentlich sind sie nicht plötzlich so dezimiert, weil jemand Hunger hatte. Es gibt sicher Leute, die bei dem schönen Wetter draußen schlafen und knapp bei Kasse sind.

Es macht Spaß, weit in den See zu schwimmen - immer der Sonne entgegen. Umsonst gibt es ja allerdings nichts. Ich muss mir mein Paradies ziemlich hart erarbeiten. Wenn es mich lockt und das tut es oft, stehe ich in aller Frühe auf und versorge erst mal alle Tiere, bevor ich losfahre.

Das ist jedes Mal ein Kampf – gegen den inneren Schweinehund. Ich könnte ja auch länger im Bett bleiben und auf das Baden verzichten.

Unterwegs hätte ich vorhin fast einen Unfall verursacht. Ich hielt am Straßenrand an, um Post einzuwerfen und ließ meine Tür leichtsinnigerweise aufstehen. Da kam ein kleiner PKW vorbei und wäre beinahe dagegen gefahren. Puh! Allerdings fuhr er auch deutlich zu schnell!

Kiki hat mich wieder mal gebissen. Es tat gemein weh. Außerdem Ärger wegen der Jahresabrechnung vom Gaswerk an: 1 500 Euro müssen wir nachzahlen. Der monatliche Abschlag wurde auf 230 Euro erhöht, etwa 50 Euro mehr als zuvor. Wir verbrauchen immer so viel. Die Rechnung war übrigens schon Ende April gekommen, aber Mirko hatte den Brief ungeöffnet auf seinem Schreibtisch untergebuddelt.

Auch in diesem heißen Sommer mussten die Hühnerställe regelmäßig saubergemacht werden. Das war eine Drecksarbeit, und es kostete mich jedes Mal Überwindung, damit anzufangen.

Beim Frauenhaus hielt ich mich immer am längsten auf. Es machte mir Freude, zu sehen, wie gut die Hennen sich erholt hatten.

Während sie in ihrem Außengehege herumliefen, wischte ich von den Wänden Staub und Spinnweben ab, fegte dann den Stall aus und schrubbte anschließend den Boden. Dazu nahm ich eine robuste Bürste und viel Wasser. Es war eine schweißtreibende Arbeit, obwohl ich kaum was anhatte.

Der Stall lag direkt neben dem unteren Hauseingang. Dort gab es ein Fensterbrett, auf das Leonie gerne flog. Es war ihr Lieblingsplatz, denn von da aus konnte sie in die Einliegerküche sehen, wo Mirko immer das Futter für seine vielen Vögel vorbereitete.

Das Fensterbrett war ständig voll Hühnerkacke und musste entsprechend oft gesäubert werden.

Es war ein sehr anstrengender Tag.

Am Abend sind wir beide – Mirko und ich – vor dem Fernseher eingeschlafen. Dabei brannten in der Küche mehrere Eier an. Ich merkte es erst, als mir der beißende Geruch in die Nase stieg.

Die Hitze machte alle fertig!
Ich machte mir vor allem Sorgen um Hahn Otto.
Am Abend – die anderen Hühner waren längst im Stall – lag er apathisch draußen unter dem Holunder. Er hatte offensichtlich einen Hitzekoller und nicht mehr die Kraft, aufzustehen. Ich trug ihn zu seinen Hennen in den Stall und bot ihm Wasser an, aber er trank nichts. Es sah so aus, als würde er die Nacht nicht überleben.

Aber, als ich später noch einmal nach ihm sah, war er zu meiner Überraschung wieder aufgestanden und lief herum. So hatte er doch noch mal die Kurve gekriegt... Vorerst also Erleichterung.

Der Abschied von ihm wäre schmerzlich, er gehörte schon so lange zur Familie, seit mindestens 20 Jahren! Und er war ein solch gutmütiger und geduldiger Gockel. Allerdings – davon ging ich jedenfalls aus - wäre dann manches einfacher.

Charly und Otto, die beiden letzten Hähne, vertrugen sich ja leider nicht! Darum waren sie getrennt untergebracht. Regelmäßig gab es Schichtwechsel: Vormittags durften Otto und seine Hennen Luise und Rebekka raus und nachmittags Charly mit seiner Truppe.

Die Hühner gehörten – neben den Papageien und Mirkos Greifvögeln - zu den letzten Tieren, die noch übrig geblieben waren von denen, die früher unseren kleinen Zoo bevölkert hatten.
Sie sind alle nach und nach gestorben. Noch immer verschwendeten wir viel Geld, Zeit, und Kräfte an die Tiere. Manchmal fragte ich mich, ob wir das nicht eines Tages mal ändern sollten.

Samstag, 22. Juli 2006

Nun ist Otto doch tot - es ist vollbracht!

Er lag heute Morgen mitten im Stall und atmete nicht mehr. Armer Otto, wenn er auch ein ungewöhnlich langes Leben hatte - seine Brüder hat er um viele Jahre überlebt – er tut mir doch leid.

Nachdem Mirko Otto aus dem Stall geholt hatte, ging Charly sofort hinein und inspizierte ihn. Als er sicher war, nun keinen Rivalen mehr zu haben, reckte er sich auf einmal in die Höhe und stolzierte triumphierend, wirklich hocherhobenen Hauptes, hin und her.

So etwas habe ich noch nicht gesehen, es war verblüffend !

Unser Versuch, Charly den „Harem" von Otto - Luise und Rebekka - zu übergeben, ging leider schief. Die beiden braunen Hennen liefen vertrauensvoll auf ihn zu, aber er griff sie wild an! Da mussten wir sie leider erst einmal wieder trennen.
Verrückter Charly, wie schade. Otto hätte sich nicht so angestellt. Er war nett zu jeder Henne, egal wie sie aussah.

Luise und Rebekka sind jetzt ganz verstört und sie vermissen Otto. Heute Abend wollten sie erst gar nicht zurück in ihren einsamen Stall. Kurz vor dem Eingang machten sie immer wieder kehrt und flüchteten. Das haben sie sonst nie gemacht !

Eines Morgens tat mein linker Fuß weh. Es fühlte sich an, als wäre ich in einen Dorn getreten. Aber ich konnte ihn nicht entdecken. Der stechende Schmerz ging nicht weg, - ein Fußbad mit Seife half leider auch nicht.

Schließlich meldete ich mich bei einem Orthopäden an. Seine Diagnose lautete: *„Fersensporn!"* Das war für mich bisher ein Fremdwort gewesen, ich hatte davon noch nie gehört..

Er versorgte mich vorerst mit Cortisonspritze und Zinkleimverband. Dann gab er mir einen Termin für die erste Stoßwellentherapie. Er sagte, er hätte damit gute Erfahrungen gemacht und auf diese Weise bliebe mir möglicherweise eine Operation erspart.

Zu Hause ging die Arbeit weiter, ich humpelte tapfer hierhin und dorthin. Das gemähte Gras am Waldrand trocknete bei der Hitze schnell und es duftete wunderbar. Da ein Gewitter angekündigt war, stopfte ich es mittags in große Säcke, gerade noch rechtzeitig vor dem Regen. Der kam dann auch!

Um 17 Uhr war es schon so dunkel wie in der Nacht, richtig unheimlich. Wir erlebten ein schweres Sommergewitter mit Weltuntergangsstimmung.

Aber die Papageien fanden das toll !
Feuchte, schwülwarme Luft, wie im Urwald!

Ich hatte mittags ihr Fenster auf Kipp gestellt und ganz vergessen, es bei dem Unwetter zu schließen. Als ich später nach ihnen sah, saßen sie alle davor und genossen den warmen Wind!

So haben sie einmal tropisches Wetter pur miterlebt, nicht schlecht. Endlich war mal was los: Windböen wehten ins Zimmer, der Regen prasselte auf die Erde und es donnerte gewaltig.

Am nächsten Morgen atmeten wir erst einmal auf. Die Luft hatte sich nach dem Gewitter merklich abgekühlt. Aber nach wenigen Stunden war die Hitze schon wieder da! Bei allen Häusern wurden noch am Tag die Rollläden runtergelassen, zum Schutz gegen die brütende Sonne.

Nachts konnte keiner richtig schlafen.
Wir wachten immer wieder auf, uns war, als müssten wir ersticken. Von Zeit zu Zeit erfrischten wir uns mit nassen Handtüchern, die wir auf unsre nackten Körper legten.

Die Straßen waren wie ausgestorben, das Gras auf den Wiesen vertrocknet, auch die Bäume litten ... Die Getränkeshops machten große Umsätze; alle waren durstig, auch die Papageien.

Ich gab ihnen mehrmals am Tag was zu trinken.

Dazu musste ich umständlich auf einen Hocker steigen, denn zu mir runter kam keiner freiwillig. Ich konnte ihnen ja nicht einfach einen Napf mit Wasser hinstellen, den hätten sie sofort umgekippt.

Einen fest verankerten, auswechselbaren Trinknapf für die obere Schranketage hatte ich trotz langer Suche nirgendwo gefunden.

Überall spielte zurzeit das Wetter verrückt!

In Spanien, Frankreich und auch den USA gab es mittlerweile Hitzetote. In Ostasien verheerende Unwetter, zahllose Obdachlose, viele Menschen kamen um. Ein Ende war vorerst leider nicht in Sicht.

In unserem Haus gab es drei verschiedene Klimazonen. Oben unterm Dach war die Hitze einfach unerträglich. Ging man hinunter in die zweite Etage, erlebte man einen wohltuenden Temperatursturz. Irgendwann wurde es einem aber auch hier zu warm.

Dann konnte man immerhin noch in das deutlich kühlere Kellergeschoss ausweichen. Am schönsten war es aber im Wasser, - in den Schwimmbädern herrschte Hochbetrieb.

In diesem Sommer hatten alle Glück, die ihren Urlaub an der See verbrachten. Ich beneidete sie im Stillen. Solch ein dauerhaftes Hoch gab es dort ja selten einmal.

Ende Juli war die Hitzewelle endlich vorbei. Wie wunderbar – endlich konnte man wieder richtig durchatmen. Auch die Nächte wurden erholsam, wir brauchten nun keine nassen Handtücher mehr ...

Eines Nachts um halbeins wurden wir allerdings durch lautes Getöse aufgeschreckt. Die Schranktür vom Wäschefach oben unter der Decke fiel plötzlich runter. Bei ihr war ein Scharnier kaputt. Ich hatte sie am Tag zuvor leichtsinnigerweise aufstehen lassen.

Nach dem Schreck konnten wir erst mal nicht mehr einschlafen.
Ich hatte am nächsten Vormittag eine Sitzung beim Orthopäden und war mit meinen Gedanken schon bei den Stoßwellen... Sie waren sehr schmerzhaft, wie ich mittlerweile wusste.

Am nächsten Tag schluckte ich vorsorglich vor dem Arztbesuch zwei starke Schmerztabletten. Die Stoßwellen taten aber trotzdem weh.

Leider musste ich diese Tortour noch mehrere Male über mich ergehen lassen, - übrigens mit ungewissem Ergebnis. Es war ein noch wenig erprobtes Verfahren, die gesetzliche Krankenkasse kam darum auch nicht für die Kosten auf.

Mein Arzt schien überlastet zu sein, er eilte von einem Patienten zum andern, erledigte bei jedem nur das Notwendigste, und weg war er.

Er hatte mir immer noch nicht richtig erklärt, was eigentlich ein Fersensporn ist. Ich hatte ihn mehrfach danach gefragt.

Es war Mitte August, auf den Feldern gab es wieder Mais für die Papageien. Ich erntete ihn immer, wenn seine Körner gerade gelb wurden, aber noch weich waren. Dann schmeckten sie wunderbar süß und saftig, so mochten unsere Vögel sie am liebsten. Sie waren ganz scharf darauf und immer gut beschäftigt damit.

Wie schön, dass nun doch noch was aus ihnen geworden war, trotz der langen Trockenheit im Juli. Ich fuhr nachmittags los, um den Mais zu ernten.

Gerade während ich eifrig am Pflücken war, kam unser Zahnarzt mit seinem Hund vorbei und beobachtete mich. Nun dachte er sicher, dass ich den Mais klaute.
Wie peinlich !

Am liebsten hätte ich ein Schild vor mir hergetragen mit der Aufschrift „ ICH DARF DAS!" Das Grundstück, auf dem der Mais stand, gehörte nämlich uns. Wir hatten es an einen Bauern verpachtet und durften so viel Mais pflücken, wie wir wollten. Er zahlte dafür keine „Landmiete".

Eigentlich hatte ich es aber gern, wenn Spaziergänger vorbeikamen, denn dann fühlte ich mich sicherer. Zwischen den hohen Maispflanzen hatte ich immer Angst, überfallen zu werden. Ein Verbrechen wäre da nicht weiter aufgefallen...

In der folgenden Zeit besorgte ich immer wieder Vorräte für die Papageien: Grüne Äste, saftige Ebereschen und Mais. Es war so leicht, ihnen damit eine Freude zu machen. Wenn sie glücklich waren, war ich es auch.

Mirko musste am andern Tag wieder mal los, um Küken zu holen. „Die Greifvögel haben kaum noch was zu essen ," sagte er.

„6000 arme Küken!" stichelte ich.

„Es hilft ja nichts, meine Vögel verhungern sonst ," sagte Mirko.

Am nächsten Morgen wollte es gar nicht richtig hell werden, es regnete in Strömen. Kiki begrüßte mich denn auch mit *„Guten Abend!"* Robby machte mir auf den Kopf und dann klaute er mir auch noch einen Pappbecher. Er flog damit auf den höchsten Ast und knabberte eifrig daran. Die andern wollten ihn auch haben, aber er blieb wie üblich der Sieger.

Mirko war gleich nach dem Frühstück losgefahren. Ich genoss es, Zeit für mich zu haben und ein bisschen zu bummeln. Meine linke Ferse tat immer noch weh. Die Stoßwellen hatten leider vorerst nicht geholfen.

Mir war kalt, das Thermometer neben der Haustür zeigte gerade mal 9 Grad an. Das nasse Wetter lockte die Schnecken aus ihren Verstecken, sie kamen angekrochen. Eine bis in unsere Garage ...

Freitag, 25. August 2006

Am Vormittag muss ich wieder zu den Stoßwellen.

Die Wartezeit beim Arzt ist scheußlich. Ich bin ungeduldig und hoffe, die Tortur bald hinter mir zu haben. Eine andere Patientin ist fertig, zieht sich schnell den Mantel an und geht.

Nach einiger Zeit kommt sie aber wieder zurück. Sie hatte in der Eile den falschen Mantel erwischt! Nur zu verständlich, jeder hat es ja eilig, diesen Ort zu verlassen...

Mir graut vor diesen Stoßwellen. Ich frage mich, ob das Behandlungszimmer Schalldämpfer hat. „Wenn es zu schlimm wird, schreie ich einfach", geht es mir durch den Kopf.

Es wurde dann, wie jedes Mal, scheußlich. Ich kam mir vor wie in der Folterkammer. Aber geschrieen habe ich doch nicht.

Dieser August war nass und kalt. Immer wieder regnete es! Der große Sonnenschirm bei den Hühnern diente als Regenschirm. Mariechen setzte sich zu mir.

Sie hätte auch in den Stall gehen können, aber bei mir fand sie es wohl schöner. Sie hatte gerade die Mauser und sah zum Erbarmen aus.

Aber dafür wirkte sie noch ganz schön munter – jedenfalls ab und zu. Dann ging sie nämlich auf Mäusefang!

Am Nachmittag Weltuntergangswetter !
Es wurde dunkel und goss in Strömen. Immer wieder Donnergrollen und heftige Windböen, gerade mal 11 Grad.

Mirko wollte schnell noch seine Vögel füttern und ging runter in den Wald. Plötzlich kam ein gewaltiger Donnerschlag, so heftig, dass ich es mit der Angst kriegte und mir Sorgen um ihn machte.

Ich zog mir schnell Gummistiefel an, griff nach dem Handy (für den Notruf) und stolperte den Abhang runter zu den Volieren.

Unterwegs rief ich laut nach meinem Mann, bekam aber keine Antwort. Solch eine Angst um ihn hatte ich noch nie!

Ich fand ihn schließlich in der untersten Voliere. Da hatte er sich untergestellt ... Noch mal gut gegangen.

Einige Wochen später stellte ich fest, dass mein linker Fuß nicht mehr wehtat. Auf einmal ! Offenbar hatten die Stoßwellen wirklich geholfen.

Ich musste nun nicht mehr humpeln, - gehörte nicht mehr zu der bedauernswerten Kaste der Behinderten ... Erst, wenn man das mal erlebt hat, weiß man, wie sich das anfühlt.

Es war mittlerweile September geworden, noch immer Sommer, Spätsommer. Aber was für einer! Strahlend blauer Himmel, klare Luft, den ganzen Tag beglückendes Sonnenlicht.

Nach dem verregneten August tat das gut!

Überhaupt nicht erfreulich allerdings war, dass am helllichten Tag ein Fuchs in eine der Falkenvolieren eindrang.
Danach fehlten mehrere Turmfalken ...

Alarmiert lief ich zu den Hühnerställen, die tagsüber immer aufstanden. Kein Tier war zu sehen, gähnende Leere im Stall und davor, weit und breit niemand.

Aber zum Glück war nichts passiert. Die Hühner saßen friedlich hinten im Gras unter dem Holunderbusch und genossenen den schönen Septembersamstag. Ach, wie war ich erleichtert!

Mittags machte Mirko Pfannkuchen, das konnte er so gut. Ich putzte dafür Fenster... Währenddessen klopfte es bei uns. Es war der Postbote.

Er wusste ja, dass wir sein Klopfen an die Haustür leicht einmal mit dem der Papageien verwechselten. Heute passierte uns das aber nicht!

Er hatte sich einen netten Rhythmus ausgedacht – gut zu unterscheiden von dem der Vögel. Er war ein netter Postbote. Wir verstanden uns seit vielen Jahren gut mit ihm.

Am Abend brachten wir Mariechen ins Frauenhaus zu Leonie und Twiggy. Der Entschluss fiel uns nicht leicht, denn Charly war nun völlig allein.

Natürlich tat er uns leid, aber Mariechen hatte in letzter Zeit zu sehr unter ihm gelitten.

Früher, als noch mehrere Hennen im Stall wohnten, war Charly gar nicht so interessiert an ihr gewesen. Aber seit sie ihm ganz allein ausgeliefert war, hatte er sie nach und nach kahlgeliebt.

Trotz allem ging es Charly ganz gut bei uns. Theoretisch hätten wir ihn ja auch einfach töten können. Aber das brachte keiner übers Herz!

Am Vormittag kam er allein raus auf die Wiese, am Nachmittag Luise und Rebekka. Charly vertrug sich ja leider noch immer nicht mit ihnen.

Er hatte von seinem Stall aus eine wirklich schöne Aussicht auf die Hühnerwiese, auf der allerlei Vögel landeten und auch Luise und Rebekka herumspazierten!

Mariechen wirkte in der neuen Umgebung noch unsicher und rief ab und zu mit zartem Stimmchen um Hilfe, zum Glück nicht so durchdringend und wehleidig wie unsere Twiggy manchmal.

Ich hoffte, das würde sich bald geben. Twiggy und Leonie taten ihr ja nichts, im Gegenteil, sie hatten sie anfangs freudig begrüßt!

Am Abend - Luise und Rebekka waren schon in ihren Stall gegangen und Charly hatte noch mal Freilauf - schnitt ich wieder mal Brennnesseln und binsenartiges Gras ab. Es war hoch gewachsen und reichte weit über die Köpfe der Hühner.

Als ich fertig war, marschierte Hahn Charly überall lang und inspizierte die Gegend. Ich glaube, er war zufrieden mit meiner Arbeit.

Er begleitete mich dann bis zum Tor. Da erregte ein riesiges Ahornblatt sein Interesse, das eben erst vom Baum gefallen war. Es war so groß wie ein Waschlappen, erstaunlich.

Molly, der Hund vom Nachbarn, buddelte sich eines Tages unter dem Zaun vom Hühnerhof durch und erschreckte Rebekka und Luise!

Zum Glück war ihnen aber sonst nichts passiert – ich war zufällig in der Nähe und vertrieb Molly.

Wenig später geschah aber wirklich ein Unglück: Rebekka und Luise wurden, als sie nachmittags draußen herumliefen, von einem Habicht angefallen.

Leider konnte ihr Otto sie ja nun nicht mehr beschützen!

Erst am Abend, als ich die beiden in ihren Stall lassen wollte, sah ich, was passiert war. Ich war fassungslos und konnte es nicht glauben. Die arme Luise rührte sich nicht mehr, sie war tot.

Und Rebekka kauerte sich in eine Ecke, - sie war verletzt und noch starr vor Angst. Sie starb dann leider auch am nächsten Tag.

Es war doch wochenlang gut gegangen... ich trauerte sehr um sie. Von da an ließ ich die Hühner, wenn sie draußen waren, nie mehr allein. Ich hielt fortan „Hühnerwache".

Die Kolibris, mittlerweile in der 4. Klasse, hatten Johanna in der letzten Zeit viel Freude gemacht. Trotzdem war sie froh, als es im Oktober Herbstferien gab. Es ging ihr gar nicht gut ...

Sie hatte einfach keine Kraft mehr und litt an manchen Tagen unter starken Kopfschmerzen. Obendrein schlief sie schlecht, hatte düstere Träume und wachte oft mitten in der Nacht auf.

Von da an fühlte sie sich im Bett nicht mehr wohl, - aber zum Aufstehen im Dunkeln hatte sie auch keine Lust.

Ein Check-up bei ihrem Hausarzt verlief ergebnislos. Er meinte, es seien Kreislaufprobleme und er empfahl ihr Traubenzucker und viel Bewegung an der frischen Luft.

Sie machte daraufhin Radfahrten, das freundliche Oktoberwetter lud förmlich dazu ein. Strahlend blauer Himmel, Ruhe, Friede ringsherum. Hinterher war sie dann aber so sehr erschöpft, dass sie schließlich lieber zu Hause blieb.

Ihre Tochter war inzwischen ausgezogen, im Oktober hatte sie in Kiel mit dem Medizinstudium begonnen. Hin und wieder telefonierten sie miteinander und Marit erzählte begeistert von ihrem Studentenleben.

Johanna war froh, dass es ihr offenbar gut ging, - von ihren eigenen Problemen sagte sie nichts. Damit wollte sie ihre Tochter auf keinen Fall belasten.

Marit hatte eine Studentenbude in Mönkeberg an der Kieler Förde gemietet. Jeden Morgen fuhr sie mit dem Dampfer zur Uni am gegenüberliegenden Ufer.
Dort begegnete sie alsbald ihrem späteren Freund.

Er hieß Jonne und studierte Meeresbiologie. Als er Marit das erste Mal sah, war er wie elektrisiert. Fast täglich trafen sie sich am Schiffsanleger und sahen schüchtern aneinander vorbei. Nach mehreren Tagen fand Jonne endlich den Mut, sie anzusprechen.

Es war nicht allein das Asiatische an ihr, was ihn faszinierte. Ihre Stimme und auch die Art, wie sie sich bewegte, kamen ihm vertraut vor, - und sie strahlte eine Wärme aus, die ihm gut tat.

Tagsüber hatten sie meistens keine Zeit füreinander, denn sie waren beide fleißige Studenten. Aber am Abend trafen sie sich öfter zu einem Spaziergang entlang der Förde. Dass die Chemie zwischen ihnen stimmte, merkten sie ziemlich bald...
Sie hatten viele gemeinsame Interessen, waren im Umweltschutz engagiert und liebten dementsprechend die Natur.

Auch an kleinen Dingen hatten sie Freude, konnten zum Beispiel staunen über mikroskopische Präparate von Amöben, dem Wurzelquerschnitt einer Schwertlilie oder den Augenanlagen eines Säugetierembryos. Und sie waren sich überaus sympathisch, mehr als das!

Schließlich besuchten sie sich in ihren Studentenbuden; sie wurden ein Liebespaar und schwebten wochenlang auf Wolke sieben.

Jonne hatte die letzten Semesterferien an einem ökologischen Freiwilligendienst an der Küste von Kambodscha verbracht. Wichtige Vorraussetzung für jeden Teilnehmer war, er musste, wie Jonne, den Tauchschein gemacht haben.

Er war noch ganz erfüllt von der Zeit in Kambodscha und erzählte Marit von den Zielen des Naturschutz-Projekts und der Arbeit, die man im Golf von Thailand leistete. Es war ein Meeresbiologie – Projekt, welches als Praktikum für sein Studium anerkannt wurde. Dabei ging es hauptsächlich um den Bestand der Seepferdchen, man beobachtete sie und bemühte sich um eine Erweiterung des Naturschutzgebietes.
Jonne hatte an mehreren Tauchgängen teilgenommen und erstaunliche Videoaufnahmen gemacht, die er Johanna zeigte. Sie schaute gebannt zu, - die Seepferdchen faszinierten sie. Jonne war es gelungen, sie beim Paarungstanz zu filmen. Hierbei legte das Weibchen die befruchteten Eier in die Bauchtasche des Männchens, das sie dann ausbrütete.
Solch ein Praktikum hätte Marit auch gern einmal mitgemacht. *„Tauchen im warmen Golf von Thailand, das wäre auch was für mich!"*, sagte sie.

Jonne nickte und nahm sie in die Arme*: „Das nächste Mal kommst du mit.*" Währenddessen war er sich aber gar nicht mehr sicher, ob er das wirklich wollte.

Im letzten Oktober war ein Freund von ihm bei einem Tauchgang bei Helgoland tödlich verunglückt. Er hatte durch zu schnelles Auftauchen schwere Lungenverletzungen erlitten. Es war ein tragischer Unfall, Jonne hatte das sehr erschüttert.

Nachts wurde es schon richtig kalt draußen, es war Herbst geworden. Darum holten wir unsere Topfblumen, die den Sommer über draußen auf der Kutsche gestanden hatten, ins Haus.

Ich war weiterhin zuständig für das Begießen. Im letzten Winter hatte Mirko das gemacht. Allerdings selten und wenn, dann zu viel. Nicht alle Blumen hatten das überlebt.

Im Frauenhaus war immer wieder mal was los.
Erbarmen - die süße Leonie bekam die Mauser. Sie verlor schließlich ihr gesamtes Federkleid und sah so mitgenommen aus, dass wir Sorge hatten, sie würde das nicht überstehen! Sie bekam – wie alle Hühner, wenn sie die Mauser hatten – Spezialfutter und zusätzlich viel Grünzeug.

Auch Twiggy sorgte für Aufregung, sie schrie manchmal durchdringend und unaufhörlich. Wir sahen dann nach ihr, fanden aber nicht heraus, was sie quälte. Vielleicht hatte sie Legenot, denn später war wieder Ruhe und in ihrem Nest lag ein Ei.

Dass wir aber auch so dumm waren und die Sprache der Hühner immer noch nicht verstanden ...

Im Oktober 2006 starb Lisa, das Sakerfalkenmädchen mit dem schiefen Hals. Arme Lisa, immerhin 12 beschwerliche Jahre lang hatte sie durchgehalten. Nun war sie erlöst.

Wenig später wurde dann auch noch unser Nachbar beerdigt. Er war mit 64 Jahren an den Folgen eines Schlaganfalls, gestorben. Seine Familie hatte unsäglich mit ihm gelitten. Dass er nach wenigen Tagen starb, war letztlich Erlösung. Ein Leben mit seinen schweren Behinderungen wäre für ihn und die Seinen furchtbar geworden.

Ich hatte ihn oft auf Spaziergängen getroffen. Er war ein angenehmer Mitmensch, warmherzig und unterhaltsam. Und bis vor kurzem noch putzmunter, mit seinem frühen Ende hatte niemand gerechnet. Dass er nun auf einmal tot war, konnte ich nicht fassen.
Ich wollte unbedingt zu seiner Beerdigung fahren. Es war gar nicht einfach, für diesen Anlass etwas Passendes zum Anziehen zu finden – allzu oft kam so etwas ja zum Glück nicht vor.
Es regnete draußen, der Himmel war bedeckt, meine Stimmung auch. Als der Sarg in die Erde gelassen wurde, bekam ich eine Gänsehaut.

Auf dem Rückweg war ich noch ganz benommen und mit meinen Gedanken bei den Toten. Bei meinen Eltern, bei Freunden und bei so manch einem Tier, das ich geliebt hatte. Es waren schon so viele gestorben, – und mit der Zeit wurden es immer mehr. Mir ging dieses Zitat von Kästner durch den Kopf: *„Wer noch nicht starb, dem steht es noch bevor!"*

Keine schönen Aussichten ...

Ende Oktober wurden die Uhren um eine Stunde zurück gestellt, von da an galt die Winterzeit. Es wurde morgens später hell draußen, alle konnten länger schlafen.

Mirko musste wieder einmal nach Norddeutschland fahren, Küken abholen und anschließend eine Mandantin im Gefängnis besuchen. Auch ich verließ das Haus.

Ich hatte morgens um 8 Uhr einen Termin in der Autowerkstatt. Es war an der Zeit, die Winterreifen aufziehen zu lassen.

Man hatte mir versprochen: *„Wenn Sie pünktlich da sind, kommen Sie als Erste dran und müssen nicht warten!* " Das war dann aber nicht so. Dabei war es nicht gerade einfach für mich gewesen, pünktlich zu sein. Wegen der Tiere, die ich ja vorher versorgen musste. Ich war verärgert, hatte aber nicht den Mut, mich zu beschweren.

Als ich nach Hause kam, klingelte das Telefon.
Es war Johanna und sie klang bedrückt. *„Ich weiß gar nicht, was mit mir los ist"*, sagte sie leise.

Ihr Arzt hatte sie wegen chronischer Migräne krankgeschrieben und langsam fiel ihr die Decke auf den Kopf.
In letzter Zeit litt sie auch unter Sehstörungen, manchmal sah sie alles verschwommen. Aber das behielt sie für sich, - sie führte es auf Kreislaufschwäche zurück.

„Du hast chronische Migräne?", wunderte ich mich. Das musste ja furchtbar sein.

Johanna wohnte seit ein paar Monaten allein, ihre Tochter hatte nur selten einmal Zeit, sie zu besuchen. Ein bisschen Gesellschaft hätte Johanna gut getan, wären nur diese Kopfschmerzen nicht gewesen. Sie lebte darum sehr zurückgezogen, war reizbar, jedes Geräusch tat ihr weh.

Auch unser kurzes Telefongespräch strengte sie inzwischen an. „Komm uns doch mal wieder besuchen!", schlug ich ihr vor.

Aber Johanna lehnte ab: *„Lieber nicht, wenn du wüsstest, wie unerträglich ich neuerdings bin!"* Gleich danach legte sie abrupt den Hörer auf, ohne sich zu verabschieden.

Seit ihrem letzten Anruf besuchte ich sie öfter einmal, erledigte Einkäufe für sie und versuchte, sie aufzuheitern. Das aber gelang mir nicht.

Johanna schien mit ihren Gedanken woanders zu sein, oft hörte sie gar nicht zu. Im Gegensatz zu früher wirkte sie ungepflegt. Ihr Bademantel, den sie seit Tagen nicht ausgezogen hatte, war mit Essensresten vollgekleckert. Johanna hatte sich verändert. Es ging ihr offenbar gar nicht gut.

Irgendwie musste ihr doch geholfen werden, fand ich. Gern hätte ich abends mit meinem Mann darüber gesprochen, aber er war müde und meinte nur: *„Sie sollte sich mal im Krankenhaus durchchecken lassen, vielleicht kommt man da der Sache auf den Grund!"*

Dazu allerdings konnte sich Johanna nicht aufraffen.
Sie fand, sie war bei ihrem Arzt in besten Händen.

Wenige Tage später rief sie ihre Tochter an:

„ Entschuldige, dass ich Dich störe!
Ich wollte nur mal Deine Stimme hören!"

Es klang gequält, wie ein unterdrückter Hilfeschrei. Marit fragte beunruhigt:*„Was ist los, Mama?*"

Bisher hatte Johanna immer versucht, ihre Tochter nicht mit ihren Problemen zu belasten. Aber diesmal gelang ihr das nicht.

So erfuhr Marit nach und nach, wie es um sie stand. Sie spürte, ihre Mutter brauchte Hilfe. Noch am Abend packte Marit das Nötigste ein und fuhr zu ihr.

Alsbald verschlechterte sich Johannas Zustand. Eines Morgens war sie halbseitig gelähmt und wurde ins Krankenhaus eingeliefert.

Zu allem Unglück konnte sie nicht mehr sprechen, ein Hirntumor hatte ihr Sprachzentrum zerstört.

Er hatte lange Zeit keinerlei Beschwerden verursacht. Ihr Krebs war lautlos, ganz im Verborgenen gewachsen. Mit so etwas hatte keiner gerechnet.

Das war in Marits Augen das Schlimmste, was überhaupt passieren konnte und ein furchtbarer Schock für sie. Und auch für mich!

Ein Tumor im Kopf, das war ja schauerlich.
Ich war niedergeschlagen, aber Marit zuliebe bemühte ich mich um Fassung.

Ich versuchte, sie zu trösten: *„Es gibt großartige Ärzte und fantastische Therapiemöglichkeiten heutzutage, Marit. Das weißt du ja besser als ich!"*

Indem ich Marit Mut zusprach, regte sich auch in mir ein Funke Hoffnung.

Johanna wurde gewissenhaft untersucht, und leider war das Ergebnis niederschmetternd. Ihr Tumor war bösartig und inoperabel.

Marit führte ein langes Gespräch mit dem zuständigen Neurologen. Er machte ihr klar, dass man ihrer Mutter nicht mehr helfen konnte. Eine Operation war sinnlos, man würde sie nur unnötig quälen.

Diese Hiobsbotschaft trieb Marit die Tränen in die Augen. *„ Bei rechtzeitiger Diagnose hätte sie eine Chance gehabt. Dass aber auch keiner was geahnt hat, noch nicht einmal ihr Hausarzt!",* sagte sie verzweifelt.

Johanna verbrachte die letzten Wochen ihres Lebens in einem Hospiz. Dort bekam sie wirksame Schmerzmittel und wurde liebevoll betreut.

In ihrem Zimmer sah es heimelich aus. Marit hatte ihr ein weiches Kissen von zu Hause mitgebracht, ein Klassenfoto mit den Kolibris, einige ihrer Lieblings-CDs, und verschiedene Toilettenartikel.

Sie erinnerte sich daran, dass ihre Mutter immer viel Zeit mit ihrer Hautpflege verbracht hatte. Johanna brauchte eine spezielle Tagescreme für trockene Haut, welche Marit jeden Morgen in ihrem Gesicht verteilte und dann sanft einmassierte. Ihr schien, dass ihr das gut tat. Ob sie den Duft ihrer Creme wahrnahm?

Marit konnte nicht mehr lange bleiben, sie musste zurück an die Uni. Aber jedes Wochenende besuchte sie ihre Mutter.

Ich fuhr alle zwei Tage zu ihr ins Hospiz. Immer bemüht, ihr eine kleine Freude zu machen. Das gelang mir tatsächlich, als ich ihr einen Stapel Bilder mitbrachte, die die Kolibris für sie gemalt hatten.

Ich hängte sie so auf, dass Johanna sie vom Bett aus ansehen konnte. Und das tat sie nun immer wieder ...

Ich war ständig mit meinen Gedanken bei der armen Johanna, ihr Schicksal ging mir sehr nahe. Lange Zeit kämpfte ich mit einem Stimmungstief, - einem Gemisch aus Entsetzen und schmerzlichem Mitgefühl.

Tröstende Worte zu finden war mir unmöglich. Ich fragte mich, wie es wohl in Johanna aussah ...

Sie starb kurz nach Weihnachten, es war eine Erlösung.

Der Winter strengte mich an, es war so mühsam alles! Dieses umständliche sich Anziehen, wenn ich mal eben die Vögel füttern wollte. Eine Hose und noch eine drüber, Pulli, Jacke, Mantel und Stiefel – ich fühlte mich sehr unbeweglich damit.

Eines Tages gab es große Aufregung bei den Papageien, denn der alte Wandschrank, in dem sie oft saßen, ging plötzlich aus dem Leim! Oben auf der ehemaligen Hutablage hatte ich in den letzten Jahren immer das Futter für sie deponiert. Manches davon war von da aus unbemerkt nach unten in den Schrank gerieselt.

Schließlich platzte seine Tür auf – zum Schrecken der Vögel! Eine Lawine von Erdnüssen, Sonnenblumenkernen und all den Resten, die Papageien so fallen ließen, ergoss sich ins Zimmer.

Ich füllte sie in große Müllsäcke und machte gründlich sauber. Anschließend juckte es mich überall. Wir desinfizierten darum den Schrank, und ich ging hinterher unter die heiße Dusche.

Es dauerte einige Zeit, bis die Vögel sich wieder beruhigten. Misstrauisch wie sie waren, trauten sie sich erst mal nicht mehr zum Schrank.

Erst am andern Morgen schienen sie sich von ihrem Schreck erholt zu haben. Kiki flog als erster hin, - ein dicker Apfel, der oben auf dem Futterbrett lag, hatte ihn wohl angelockt. Nun machte er sich mit Begeisterung über ihn her - er hackte auf ihn ein, dass die ‚Späne' flogen.

2007

Anfang Januar kamen Leonie, Mariechen und Leonie wieder zurück zu Charly. Sie hatten sich wunderbar erholt und freuten sich, nun wieder „zu Hause" zu sein. Alle waren glücklich, es ging zu unserer Erleichterung gut.

Der tägliche Freilauf auf der Wiese war uns Garant dafür, dass der geile Charly sie nicht wieder so schlimm ramponierte. Draußen konnten sie vor ihm weglaufen, wenn sie keine Lust auf Sex hatten... Die Stallpflicht war ja zum Glück seit langem aufgehoben.

Im neuen Jahr widmete ich wie gewöhnlich die meiste Zeit den Tieren. Für meine Hühnerwachen hatte ich mich mit viel Lektüre eingedeckt, ab und zu schrieb ich auch an einem Kinderbuch oder machte Skizzen von den Hühnern.

So war ich immer gut beschäftigt und genoss diese Stunden. Zumindest solange keine Zecken auftauchten, womit allerdings in der warmen Jahreszeit zu rechnen war.

Nicht zu allen Zeiten war es rosig, es gab auch Tiefpunkte. Vor allem dann, wenn ein Tier starb. Das war – wie sollte es anders sein - jedes Mal schmerzlich.

Sonntag, 11. März 2007

Blauer Himmel, strahlende Sonne, viele Vogelstimmen ringsherum! Zurzeit bestimmt „Hoch Maggie" unser Wetter. Ich mache oft kleine Radfahrten – quer durch Wald und Wiesen bis ins nächste Dorf und wieder zurück.

Heute hat Mirko in unserm Wald drei große entwurzelte Bäume durchgesägt und beiseite geräumt. Sie waren auf kleine Fichten gekippt. Nun haben die wieder Luft!

Bei diesem Wetter sind die Hühner viel draußen. Ich habe ihnen gekochte Nudeln mitgebracht, die picken sie nun mit Begeisterung auf. Auch Hühner mögen Abwechslung – jedenfalls was das Futter angeht. Diese Delikatesse kann ich ihnen öfter mal anbieten.

Wie zutraulich und wie neugierig sie sind! Gerade kommt Mariechen zu mir auf die Bank, besichtigt meine Sachen und pickt daran herum. Auch an mir ...

Ich sitze einfach nur da und sehe den Hühnern zu – wie sie in der Erde scharren, die Gegend inspizieren und sich über ihre Freiheit freuen! Solange mir nicht kalt wird, genieße ich das richtig.

Gerade besucht uns Toni, das Rotkehlchen. Ich bin sicher, dass er das ist. Er setzt sich zierlich auf den Rand des Wassereimers und trinkt zwei kleine Schlückchen. Dann fliegt er drrrrrrr ..., wie ein kleiner Propeller hoch und davon. Heute Morgen war er auch schon mal da zum Frühstück.

Täglich verändert sich etwas hier draußen – es wird ja bald Frühling! Die Hummeln sind schon wieder da, die Sonne hat sie rausgelockt.

Das könnten sie bald bereuen, denn demnächst soll es leider wieder nass und kalt werden.

Ich habe vorsorglich eine Notspeise für sie angerührt – das ist ein Cocktail aus

1 Teil Fruchtzucker (vorhin aus der Apotheke geholt !)
1 Teil Zucker
1 ½ Teil Wasser

Am späten Nachmittag kam eine neugierige Hummel durch die weit geöffnete Haustür zu uns ins Haus. Ich versuchte, sie hinauszutreiben, aber sie flog mit lautem Gebrumm an mir vorbei.

Durch den Flur und dann zielstrebig die Treppe runter zu den hellen Lampen dort. Unten konnte ich sie zunächst nicht wieder finden. Nach einer Weile aber, gerade hatte ich meine Suche abgebrochen, hörte ich sie dicht neben mir brummen.

Oh, dieser Glücksmoment ! Ich fing sie mit einem Plastikbecher – darin war ich geübt - und entließ sie ins Freie. Ein Kummer weniger !

Ausgerechnet zum Frühlingsanfang schneite es. Die arktische Kaltluft war wieder da – Nachtfrost. Von Frühlingsanfang vorerst keine Spur! Gigantische Wolkentürme am Himmel, in der Luft war richtig was los! Ausgerechnet an diesem Tag musste Mirko nach Norddeutschland fahren, die Greifvögel hatten wieder mal kein Futter mehr. Ich machte mir Sorgen um ihn. Bei dem Schneegestöber konnte leicht etwas passieren.

Mittags war ein ungewöhnliches Schauspiel zu beobachten: Ein deutlich zweigeteilter Himmel! Im Westen herrlicher Sonnenschein, strahlend blauer Himmel mit weißen Wolkengebirgen. Und auf der anderen Seite eine düstere Wolkenwand, grau und bedrohlich. Sie ragte geradezu aufrecht in die Höhe und sah aus, als wäre sie mit einem Messer begradigt. Wolken waren ja sonst eher diffus und schwammig. So etwas hatte ich noch nie gesehen.

Eines Tages ereignete sich eine Tragödie. Der Sakerfalke Boris erwischte einen Buntfalken aus der Nachbarvoliere. Zwischen beiden Volieren war der Draht an einer Stelle durchgerostet und der kleine Falke hatte sich dummerweise bis zu Boris durchgezwängt. Dieser stürzte sich sofort auf ihn und der Kleine schrie.

Das hörte ich zwar, nahm aber an, er würde sich nur mit einem seiner Artgenossen kabbeln. Außerdem war Mirko ganz in der Nähe, - ich war sicher, er würde nach ihm sehen. Das tat er auch, aber leider zu spät ....
Bald darauf reparierte er die kaputte Voliere, ich hörte ihn hämmern. Er machte sich natürlich Vorwürfe, dass er das Loch im Draht nicht eher bemerkt hatte. Armer kleiner Falke, wie tat er uns leid!

Der März ging seinem Ende zu – und leider auch das Leben von dem armen Charly. Jeden Morgen, wenn ich den Stall aufmachte, hielt ich erst mal die Luft an, aus Angst vor dem, was mich dort erwartete.

Er sah erbärmlich aus. Was war nur aus dem bildhübschen Hahn geworden? Er konnte nur noch mühsam aufstehen, nach ein paar Schritten verließ ihn die Kraft und dann fiel er völlig erschöpft hin.

Er jammerte nicht, aber er hatte sicher Schmerzen. Längst wäre ich mit Charly zum Tierarzt gefahren, wenn Mirko nichts dagegen gehabt hätte.

Er meinte, der würde ihm sowieso nicht helfen können.

In der Nacht darauf ist er dann gestorben. Er lag auf der Seite, Augen geschlossen, die Beine lang ausgestreckt ...

Während Mirko ihn begrub, versuchte ich meinen Kummer mit Arbeit, zu der ich mich normalerweise nicht aufraffte, zu betäuben.

Ich holte einen mehrere Meter langen, rostigen Stacheldraht aus unserem Wald – er lag zwischen Laub und Gestrüpp - und versenkte ihn in der Mülltonne.
Der Draht hatte früher mal zu einem Zaun gehört...

„Siehst du, jetzt kann sich keiner mehr daran verletzen!", sagte ich zu Leonie, die hinter mir hergelaufen war und mir interessiert zugesehen hatte.

Den Papageien hätte ich gern ein paar Äste mit grünen Blättern mitgebracht, aber in diesem Jahr ließ der Frühling auf sich warten.

Ich hielt von Zeit zu Zeit Ausschau danach, wanderte durch den Wald und auch an der Talsperre entlang, - vergeblich.

Unseren letzten drei Hennen ging es auch ohne ihren Hahn Charly offenbar ganz gut. Sie hatten sehr unterschiedliche Charaktere - alle drei waren kleine Persönlichkeiten!

Leonie war schon immer die Zutraulichste von allen gewesen! Sie wirkte auf mich ein bisschen vornehmer als die beiden andern und war wirklich sehr süß. Sie besuchte mich oft auf der Bank und bettelte um Brotkrumen.

Für diese interessierte sich Marie nicht besonders. Wenn eine an mir rumpickte – und das ganz schön energisch – dann war das immer Mariechen.

Sie war sehr neugierig und bearbeitete meine Zeitung, - solange, bis sie kaputt war. Sie flog regelmäßig hoch in den Pferdefuttertrog und blieb da gern lange Zeit. Er war schön gemütlich mit Heu ausgepolstert. Dort veranstaltete sie wohlige Brutgesänge, und manchmal legte sie auch noch ein Ei.

Leonie und Mariechen waren beide schneeweiß und sahen wunderhübsch aus auf dem grünen Gras, wie aus dem Bilderbuch.

Die braune Twiggy war die temperamentvollste von allen und bemerkenswert selbstbewusst. Wenn ihr etwas nicht passte, veranstaltete sie ein herzzerreißendes Spektakel, als ginge die Welt unter.

Sie vertrug sich gut mit den beiden andern, ging aber auch gern mal ihre eigenen Wege. Über Twiggy amüsierten wir uns immer wieder.

Leider lebte sie nicht mehr lange, ich fand sie kurz nach Ostern tot im Stall. Darauf war ich überhaupt nicht vorbereitet. Noch heute denke ich voller Wehmut an diese kleine Henne, wie hatte ich sie gern gehabt.

Ich fragte Mirko: *„Was machen wir, wenn eines Tages nur noch eine einzige Henne übrig bleibt?"* Er schlug vor, ein paar neue zu besorgen. Aber das wollte ich nicht. Irgendwann einmal musste Schluss sein, fand ich.

Auch den beiden letzten Hühnern hielt ich weiterhin die Treue und setzte mich jeden Tag zu ihnen. Bei dem schönen Wetter war ich gerne draußen, die Raubvögel übrigens auch! Von Zeit zu Zeit sah ich einen am Himmel kreisen.

Dienstag, 1.Mai 2007

Sechzehn Uhr dreißig - Hühnerwache !

Wenn ich ein Huhn wäre, dann würde ich mich freuen, wenn ich wenigstens alle drei Stunden ein bisschen raus könnte. Spazieren gehen, Gras fressen und in der Erde scharren. Also lasse ich meine Freundinnen in entsprechenden Intervallen dreimal am Tag raus, immer unter Aufsicht!

In der letzten Nacht hat sich wieder ein Fuchs in eine der Volieren gebuddelt und es fehlt leider ein Bussard. Kann sein, dass er rechtzeitig wegfliegen konnte durch das Loch im Draht. Hoffentlich !

Gerade habe ich mich auf den moosbewachsenen Schneewittchenhügel am Waldrand gesetzt. Er hat etwas Märchenhaftes, darum heißt er bei uns so. Ich liebe ihn und die Hühner offensichtlich auch!

Über mir breitet ein Holunderbusch seine blühenden Zweige aus, es ist sehr schön hier. Weiter unten im Tal singt eine Amsel. Eine Melodie nach der andern, voller Lebensfreude !

Leonie hat sich neben mich ins Gras gelegt und Marie bearbeitet gerade meine Schuhe. Ihr scheint die große Spinne, die sie neulich aufgepickt hat, gut bekommen zu sein!

Inzwischen hat sie die Tüte mit dem Toastbrot entdeckt und pickt daran herum. Die beiden sind jetzt tagsüber

gut beschäftigt. Überall gibt es Gras und Moos und Erde, in der sie buddeln können.
Seit ich mich entschlossen habe, die Hühner regelmäßig zu bewachen, schreibe ich. Mein Kinderbuch ist inzwischen fertig, jetzt entwerfe ich ein Drehbuch.

Ich trage meine Notizen dazu jeden Tag mehrmals hin und her. Morgens, mittags, abends sitze ich damit auf der Bank bei den Ställen. Gewöhnlich schaffe ich auch richtig was.

Heute aber nicht, da besuchte mich der kleine Oliver zusammen mit seinem Papa. Olli (2 ½) hatte viele Fragen: „ Was tun die Hühner?"

Oder, nachdem ich erzählt hatte, dass wir aufpassen mussten, dass sie nicht von Raubtieren, etwa einem Fuchs, angefallen wurden, wollte er wissen: „ Wo ist der Fuchs?"
Er hatte schon einen reichhaltigen Wortschatz und war noch so offen für alles.

Zurück zum Drehbuch. Mirko glaubt ja nicht, dass das was wird. Vorerst lasse ich mich dadurch aber nicht entmutigen. Gut möglich, dass sich später niemand dafür interessiert. Aber es macht mir einfach Spaß!

Und ich habe jede Menge Einfälle, es gibt so viele mögliche Charaktere und Handlungsabläufe – nur die Zeit rennt mir davon!

Ich brauche, glaube ich, mindestens noch 100 Jahre für alles!

Unsere schönen Tulpen waren schon im Mai am Verblühen. Sie hatten endlos lange Stiele gekriegt und ihre leuchtenden Farben verwandelten sich immer mehr in ernstes Friedhoflila.

Mein Auto musste wieder mal in die Werkstatt. Der Hauptbremszylinder war offenbar defekt. Teure Geschichte ! Scheißauto ! Immerzu war was kaputt.

Als hätten die bei ihm lauter alte Ersatzteile eingebaut. So etwas konnte ich ja leider nicht kontrollieren. Mit meinen früheren Autos hatte es nie derartige Probleme gegeben.

Anschließend kurze Hühnerwache: Kaum waren die Hennen draußen auf dem Rasen - und wie sie sich gefreut haben! – fing es auch schon an zu regnen. Ich kam gerade mal dazu, mir drei Fingernägel zu feilen. Mein Schreibzeug blieb in der Tasche.

Am Abend gönnten wir uns ein Essen im Chinarestaurant. Ab 18 Uhr waren alle Tiere versorgt, und Einstein wartete ja nicht mehr auf uns.

Mirko bestellte sich gebratene Entenbrust und ich was Vegetarisches, scharf gewürzt. Am Schluss gab es überbackene Bananen mit süßsaurer Soße, einfach wunderbar!

In diesem Restaurant herrschte eine angenehme Atmosphäre. Leise Melodien aus Fernost, saubere Tischdecken in Weiß und Rosa, dezente Deco mit Kerze, freundliches Personal. Alles hübsch anzusehen und sehr lecker. Hier fühlten wir uns immer wohl, irgendwie königlich.

Der Juni war ein besonderer Monat, denn da hatte Mirko Geburtstag. Zu selben Zeit wurden unsere Kirschen reif und die Margeriten blühten an den Straßenrändern. Es war überall wunderschön - wenn nur die Zecken nicht gewesen wären!

Eines Morgens - ich lag noch im Bett! - krabbelte doch tatsächlich eine Zecke über mein Nachthemd. Das wurde mir langsam unheimlich ....

Ich nahm mir vor, mich demnächst impfen zu lassen gegen FSME. Dadurch wäre ich zwar nicht vor Borreliose geschützt, aber immerhin vor einer Hirnhautentzündung.

Seit Tagen schwülwarmes Gewitterwetter. Die kleinen Spinnentiere lauerten draußen überall. Während der Hühnerwache sah ich immer wieder winzige Blutsauger über mein weißes Schreibpapier krabbeln. So klein – und so gefährlich möglicherweise.

Anfang Juni musste Mirko neues Futter für seine Greifvögel aus Norddeutschland holen. Zur selben Zeit hatte er einen Gerichtstermin in Oldenburg. Das passte gut, denn nicht weit entfernt davon war die Brüterei, von der er immer die „Futterküken" bekam.

Er war also den ganzen Tag lang unterwegs. Die kleinen Bussardkinder schrieen unterdessen nach Futter. Sie waren daran gewöhnt, alle drei Stunden ein paar Happen kleingeschnittenes Kükenfleisch zu kriegen.

Ich hatte ja aber leider nichts mehr für sie.

Das Geschrei nahm mich sehr mit. Darum stopfte ich mir schließlich Ohropax in die Ohren.

Wenn ich allein war, machte ich mir meistens viele Gedanken um meine Kinder! Wie mochte es ihnen gehen?

Judith schonte sich seit Jahren nicht, bekam dauernd zu wenig Schlaf, und das zehrte an ihren Abwehrkräften! Und Kolja, wie mochte es ihm wohl gehen?

Er spielte damals gerade Theater in London. Aber, was danach kommen würde, war ungewiss. Ich hatte bei google „Wetter in London" eingegeben, daher wusste ich, dass er garstiges Regenwetter hatte und fürchtete, es könnte ihm aufs Gemüt schlagen.

Wenn ich mit meinem Mann darüber sprach, hörte er nur halbherzig zu und meinte: *„Du malst alles zu schwarz und vergisst, dass unsre Kinder erwachsen sind!"*

Montag, 13. August 2007

Der Tag der Linkshänder ist heute!

Beethoven, Einstein und Klee, Kolja und ich – alle Linkshänder, alles tüchtige Leute.
Nichts gegen Linkshänder!

Meine Oma väterlicherseits war da allerdings anderer Meinung. Sie fand es ungehörig und abartig, dass ich beim Essen das Messer immer in die „falsche, schlechte" Hand nahm.

In der Schule früher hatte ich anfangs, also im ersten Schuljahr, automatisch mit links geschrieben. Aber das wurde mir da alsbald strengstens verboten.

Mein damaliger Grundschullehrer wurde richtig böse, als ich meinen ersten Buchstaben mit der linken Hand an die Tafel schrieb.

Und ich war verwundert und auch erschrocken, weil ich mir nicht erklären konnte, was „Böses" daran sein sollte. Ich kann mich noch heute genau erinnern!

Im Wassereimer bei den Hühnern schwamm ein dicker Nachtfalter. Ich schöpfte ihn mit der Hand raus, und er genoss flügelschlagend sein neues Leben. Wenig später kam Leonie und pickte ihn ungerührt auf. Das Leben ist hart.

Mariechen hatte tatsächlich schon wieder ein Ei gelegt! Früher, als noch viele Hennen bei uns lebten, hatten wir immer genug davon. Mittlerweile aber war jedes Ei etwas Besonderes. Es schmeckte wunderbar, - viel besser, als die gekauften.

In der Mittagszeit hörte ich einen Eichelhäher schreien. Weil er nicht aufhörte, lief ich schließlich hin und wurde Zeuge, wie Boris ihn tötete.

Er war zu dem Falken in die Voliere geflogen, um ihm ein totes Küken zu klauen. Das war sein Verhängnis. Der Zwinger war abgeschlossen, ich konnte nicht rein. Der arme Vogel schrie herzzerreißend!

Ich schob einen Stock durch den Draht und versuchte, Boris damit wegzustoßen und brüllte ihn an. Aber vergeblich, er ließ nicht ab von seiner Beute. Der Todeskampf dauerte unerträglich lange, es war bestialisch.

Das vergaß ich nie ...

Boris' Voliere war nur mit sehr großmaschigem Draht eingezäunt. Da flogen immer mal Vögel durch, die sich für sein Futter interessierten. Bisher, ohne von ihm erwischt zu werden.

Diesmal aber war es ihm leider gelungen.

Nach diesem Unglück spannte Mirko einen dichteren Maschendraht rund um Boris' Voliere.

Am Abend rief Kolja von „Zu Hause" aus London an. Unlängst hatte er einen Unfall. Er war in der City mit dem Fahrrad unterwegs gewesen und von einem Doppeldecker angefahren worden.

Der Busfahrer war schuld. Passanten hatten sofort Polizei und Krankenwagen benachrichtigt. Zum Glück war aber nichts Ernstes passiert. Kolja hatte angeblich nur ein paar blutige Schrammen ...

Das Ganze lag eine Woche zurück, aber es beunruhigte uns nachträglich doch sehr. Ein Fahrradunfall mitten in London, das hätte schlimm ausgehen können.

Ich hätte gern gewusst, wie es Kolja wirklich ging und beschloss, ihn im Oktober zu besuchen.

Für den 19. Oktober buchte er einen Flug für mich nach London.

Anfang Oktober gab es noch schöne Tage mit viel Sonne. Ich war in dieser Zeit häufig unterwegs, um Mais für die Papageien zu ernten.

Nach wie vor war es mir allerdings zwischen den hohen Stauden nicht geheuer. Ich füllte eilig einen Karton nach dem andern mit den herrlichen Maiskolben und war froh, als ich wieder im Auto saß.

Eines Abends entdeckte ich einen Bilderbuchmond direkt über unserem Haus. Ich machte Mirko darauf aufmerksam und summte leise: *„Siehst du den Mond dort stehen, er ist nur halb zu sehen...*"

Mirko sah ihn nicht, wollte ihn auch nicht sehen. Er saß gerade in seinem Zimmer und brütete über einer Vorladung zum Amtsgericht. Es ging um einen alten Rechtsstreit. Nun hatte er Herzschmerzen.

Diese Beschwerden hatte er in letzter Zeit öfter. Das beunruhigte mich, zumal ich vorhatte, demnächst zu Kolja nach London zu fliegen. Sollte es meinem Mann bis dahin nicht besser gehen, hätte ich die Reise absagen müssen.

Aber schon am nächsten Morgen war der Spuk vorbei. *„Das war bloß die Aufregung",* sagte Mirko. Ihm ging es offensichtlich wieder gut und ich bereitete mich auf meinen Kurztrip nach Großbritannien vor.

Ich war noch nie dort gewesen und neugierig auf diese Stadt. Vor allem aber hatte ich Sehnsucht nach meinem Sohn.

Ich nahm nur Handgepäck mit, um mir die Warterei am Gepäckband zu ersparen. Wegen drohender Terroranschläge durfte man nur begrenzt Tabletten und Kosmetika einpacken. Mein Rucksack wog gerade mal 5 kg – laut Badezimmerwaage. 8 kg wäre das erlaubte Höchstgewicht gewesen.

Die Erinnerung an den Terroranschlag in der Londoner U-Bahn im Sommer 2005 war noch immer beängstigend für mich – so etwas konnte jederzeit wieder passieren. Aber die Vorfreude auf London verdrängte schließlich alle trüben Gedanken.

Das Hauptproblem vor jeder Reise waren immer die Tiere. Um ihnen eine Freude zu machen, besorgte ich noch frisches Heu für die Hühner und einige neue Kräcker für die Papageien.

Mirko hatte angeboten, sich um alle Tiere zu kümmern. Er bekam von mir einen übersichtlichen Plan, dem er entnehmen konnte, wann was gefüttert werden sollte.

Allerdings war er daran nicht gewöhnt und ich fürchtete, es könnte anstrengend für ihn werden. Um ihm die Arbeit zu erleichtern, bereitete ich das Futter für mehrere Tage vor.

Freitag, 19. Oktober 2007

Es ist soweit, ich breche auf nach London!
Erst einmal Erleichterung: Die Regionalzüge werden heute - im Gegensatz zu gestern - nicht bestreikt! Meine City-Bahn startet um 15 Uhr 23.

Ich schaffte es nicht, mein Ticket auf dem Bahnsteig zu entwerten ... Jetzt warte ich auf den Kontrolleur, dem ich das erklären muss. Er kommt aber gar nicht.

Mir gegenüber ein älterer Fahrgast. Er kommt gerade von seinem Kieferchirurgen. Der soll ihm ein Implantat einpflanzen. Weil die Parkplätze bei uns in der Stadt knapp sind und was kosten, wenn man länger als 30 Minuten parkt, hat er sein Auto in einem Nachbarort abgestellt.

Für wenig Geld fährt er nun mit der Bahn dahin. Nicht, dass er dann etwa schon am Ziel ist! Von dort geht's mit dem Auto noch einige Kilometer weiter bis zu ihm nach Hause. Umständliche Sache !

Hoffentlich kriege ich meine Reise in das United Kingdom einigermaßen hin. Sie geht ja gerade erst los. Es sind viele Ausländer im Abteil: Türken, Spanier, Engländer ...
16.24 Uhr Ankunft Frankfurterstraße. Da steige ich in die S-Bahn zum Airport um.

Irgendwie schaffe ich's, in den Flieger zu kommen. Es ist der reinste Horror! Kilometerlange Gänge, nirgendwo eine Information ...

Aber der Flug ist dann eine Entschädigung, wunderbar! Wir landen auf dem Londoner Flughafen ‚Stansted'.

Kolja holt mich mit seinem kleinen Auto ab. Von seiner Wohnung aus - sie liegt im Stadtteil ‚Hackney' - hat er bis zum Flughafen zwei Stunden gebraucht! Ich bin froh, dass er da ist. Ohne ihn hätte ich Probleme, mich in dieser Riesenstadt zurechtzufinden.

Später dann herzlicher Empfang bei Amy, ebenfalls Schauspielerin, in deren Häuschen Kolja ein Zimmer bewohnt. Sie haben sich an der Londoner Filmschule kennengelernt.

Gemütliches Essen bei Kerzenlicht, mit Katze Dolly zu unseren Füßen. Amys Haus ist über 100 Jahre alt, voll, unaufgeräumt, aber gemütlich. Alle Türen stehen auf – schon allein, damit Dolly überall hin kann. Von der Küche aus gelangt man in einen hübschen kleinen Garten mit Palme. Angeblich gibt es hier keinen Frost, da der Golfstrom an England vorbeifließt.

Amy hat eine geräumige Matratze als Bett – mit Fernseher vis a vis. Da sitzt sie tagsüber öfter drauf – Dolly schnurrend neben sich - und näht oder flickt irgendetwas.
Ich beziehe ein hübsches kleines Gästezimmer mit einem geräumigen, bequemen Bett. Auf dem Tisch daneben steht eine Vase mit einer roten Rose. Der Wandschrank geht nicht richtig zu, am Scharnier von der Tür fehlen Schrauben. Vieles im Haus ist provisorisch, reparaturbedürftig - nichts ist etwa spießig.

Im Haus duftete es am nächsten Morgen nach frisch gebackenem Brot. Amy behauptete, dass sie ‚loves to do it'. Frühstück in der Küche, mit Dolly auf einem der Stühle. Kolja hatte Orangen für uns ausgepresst und Kaffee gekocht. Amy pflegte immer oben im Bett zu frühstücken – mit Blick auf den laufenden Fernseher bei offener Tür. Comfortable!

Am Vormittag einstündiger Spaziergang mit Kolja durch Hackney bei Sonnenschein. Enge, gemütliche Straßen, viele Haustüren, leuchtend blau gestrichen, – mir gefiel das sehr. Pittoresker Markt, reichhaltig, interessant – dann entlang an einem Kanal bis zur Schleuse, in der gerade ein Hausboot gehoben wurde.

Übrigens war Kolja ein wunderbarer Stadtführer ! An seiner Seite fühlte ich mich sicher - wir fuhren sogar U-Bahn! Das Amüsante währenddessen: Kolja was talking everytime in Englisch. Er hatte noch zwei Castings, und wollte vorher besser nicht deutsch sprechen. Dadurch würde sein Englisch möglicherweise zu viel deutschen Akzent kriegen. Crash-Kurs „Englisch" für mich !

Amy war etwa so alt wie ich und eine bemerkenswerte Frau. Sie mochte Kolja offensichtlich – und er sie. Sie unterhielten sich oft wortreich und angeregt, natürlich auf Englisch. Man merkte, sie hörten sich gerne reden und es machte ihnen Freude. Sie waren ja beide Schauspieler! Kolja hatte hier ein kleines Zu Hause.

Übrigens war er auch nützlich für Amy. Er half tatkräftig in der Küche, strich Wände, zahlte Miete (die sie dringend brauchte, denn Engagements bekam sie kaum noch welche) ... und Amy war nicht allein.

Sonntag, 28. Oktober 2007

Seit einer Woche bin ich schon wieder in Deutschland. Gestern habe ich Kolja und Amy ein Päckchen geschickt. Mit restlichen Pounds und Pences, zwei kleinen Kissen für Dolly zum Spielen (riechen nach Baldrian !) und Pralinen.

Ich habe mich bei ihnen in London sehr wohl gefühlt, es war wunderbar.

Wir telefonieren jetzt öfter miteinander - auf Englisch! Was nicht heißt, dass ich diese Sprache beherrsche. Ganz im Gegenteil: Mein Englisch ist leider sehr schlecht.

Seit heute ist wieder Winterzeit: 1 Stunde retour. Immer dieser Zwang. Ich denke, ich mach mir meine eigene Zeit – warum eigentlich nicht? Ich stelle meine Uhr einfach nach den Hühnern...

Jetzt sitze ich wieder mal bei ihnen. Dick verpackt in Wintersachen, denn es ist ganz schön kalt hier bei uns in Deutschland. Es geht Leonie und Mariechen gut, meine Abwesenheit hat ihnen offensichtlich nicht geschadet.

Die Stalltür lasse ich immer auf, solange ich bei ihnen bin. Sie wollen heute nicht rausgehen, es ist ihnen wohl zu kalt.

Verständlich, sie sind ja barfuß! Das Rotlicht im Stall tut ihnen aber gut. Es ist recht gemütlich bei ihnen.

Am Nachmittag letzte Maisernte auf dem Löh, wie immer mit mulmigem Gefühl. Währenddessen kommt jemand mit zwei Hunden vorbei.

Er ruft mir zu: „Sie haben aber Mut!"

Ich: „Warum ?"

Er klärt mich darüber auf, dass es hier öfter Wildschweine gibt. Wenn es nur die wären, vor denen man sich vorsehen muss!

Im Dezember 2007 ging es Mirko gar nicht gut und er musste ins Krankenhaus. Diagnose: verengte Herzkranzgefäße. Hinzu kam, dass er in letzter Zeit viel beruflichen Ärger und bedrückende Geldsorgen hatte. Die Belastung war vermutlich zu groß gewesen!

Nach gründlicher Untersuchung setzten Kardiologen ihm einen Stent ein.
Es war eine beklemmende Zeit! Ich machte mir Sorgen um Mirko und zusätzlich um seine 70 Greifvögel, für die ich plötzlich verantwortlich war.

Sie lebten vorwiegend in Volieren im Wald unterhalb von unserem Haus. Um dahin zu gelangen, musste man jedes Mal einen steilen Hang runterkraxeln – immer in der Gefahr, auszurutschen. Im Winter bei Eis und Schnee war das besonders ungemütlich.

Ich fiel öfter der Länge nach hin und kam bergauf jedes Mal aus der Puste. Schon allein darum kostete es mich viel Überwindung, Mirkos Greifvögel zu füttern. Aber auch, weil sie eimerweise tote Tiere - es waren jeden Tag 350 Küken ! - bekamen, die ich anfassen und verteilen musste.

Obendrein waren mir Mirkos Raubvögel - Adler, Habicht, viele Falken, Schnee-Eulen und Bussarde, – nicht ganz geheuer. Ich mochte sie gern, aber hatte ziemlichen Respekt vor ihnen. Ohne Stock und Reitkappe wagte ich mich nicht zu ihnen vor; ich fürchtete, sie würden mir auf den Kopf fliegen und mich womöglich angreifen....
Ähnlich ging es mir auch mit dem nahezu blinden Habicht. Aber meine Angst vor ihm verflog sehr schnell.

Er war ja völlig hilflos und er freute sich jedes Mal, wenn ich kam. Mein Besuch war auch die einzige Abwechslung in seiner dunklen Welt und die Fütterung der absolute Höhepunkt, jeden Tag aufs Neue.

Wenn ich kam, saß er meistens schon erwartungsvoll direkt vor der Tür. Da er kaum was sehen konnte, lebte er ebenerdig. Er flog auf keinen Ast mehr, vorsichtshalber. Er tat mir schrecklich leid.

Ich taufte ihn „Josef". Ich fand, dieser Name hatte was Ernstes, passend zu seinem doch betrüblichen Schicksal. Nachdem ich ihn einige Zeit „Josef" genannt hatte, erfuhr ich von Mirko, dass er weiblich war.

Seitdem hieß Josef „Josefine". Das klang auch irgendwie lockerer und hob meine Stimmung, wenn ich sie begrüßte. Als ich sie das erste Mal besuchte, war es stockdunkel in der Voliere.

Darauf war ich gar nicht vorbereitet! Das Scobalitdach, durch welches normalerweise Licht kommt, war völlig zugeschneit. Ich kam mir vor wie in einer Gruft. Mit meiner größten Taschenlampe sorgte ich dann für ein bisschen Beleuchtung.

Auf die hohe Voliere zu klettern, um das Dach frei zu räumen, traute ich mich nicht. Einige Zeit später löste sich das Problem von selbst, denn der Schnee taute und ließ wieder Tageslicht durch. Nun konnte ich meinen Zögling besser erkennen!
Er war für meinen Geschmack ausgesprochen hübsch und, was mich besonders freute, richtig sanft und freundlich.

„Hallo, Josefine !" rief ich ihr zu, wenn ich ihre Voliere betrat. Dann setzte ich mich zu ihr auf einen kleinen Melkschemel und hielt ihr eine Schüssel mit 16 klein geschnittenen Küken direkt vor den Schnabel. Zum Glück fand sie die und verschlang sie nach und nach alle – sie hatte einen gesunden Appetit.

Anfangs hatte ich allerdings Sorge, sie könnte meine Finger, mit denen ich die Schüssel hielt, mit dem Kükenfleisch verwechseln. Aber das passierte gottlob nie. Wir wurden schnell Freunde.

Bei Josefine in der Voliere war damals vorübergehend ein Sperber untergebracht. An einem frostigen Wintertag hatte er die kleinen Buntfalken angegriffen. Mirko fing ihn und stellte fest, dass er fast verhungert war. So kam er erst einmal zu Josefine und wurde aufgepäppelt.

Immer, wenn ich in die Voliere kam, flog er eilig von einer Ecke in die andere. Er wollte natürlich wieder raus in die Freiheit. Die sollte er auch wieder bekommen, sobald der Winter vorüber war.

Kurz vor Weihnachten wurde Mirko zum Glück aus dem Krankenhaus entlassen. Allerdings war er noch mitgenommen und sehr schwach davon. Seine Vögel unten in der Waldvoliere versorgte ich darum noch eine Zeit lang weiter.

Heiligabend starb Mariechen. Die hübsche, gutmütige Marie tot, - es war ein Jammer. Nun irrte Leonie allein im Stall umher und fand das erst einmal gar nicht in Ordnung.

Ich hatte Mitleid mit ihr. Ein Huhn ganz allein, das ging doch nicht! Nun war das eingetreten, wovor ich mich schon lange gefürchtet hatte ...
Für mich stand fest, dass Leonie nun zwangsläufig unglücklich werden würde. Ich rief eine Freundin an und fragte sie um Rat. *„Lieber ein Ende mit Schrecken, als ein Schrecken ohne Ende!"*, sagte sie. *„Schlachtet sie doch einfach!"* Aber das war ausgeschlossen, auch Mirko hätte es nicht übers Herz gebracht.

Weniger brutal wäre es gewesen, Leonie einschläfern zu lassen. Das war zwar eine schmerzliche Vorstellung für mich, aber mit der Zeit freundete ich mich immer mehr damit an.

Schließlich überwand ich mich, rief unseren Tierarzt an und bat ihn darum. Aber der lehnte – zu meiner Erleichterung - höflich ab. Er konnte es nicht mit seinem Berufsethos vereinbaren, - ein gesundes Tier tötete er nicht.

Von nun an leistete ich meiner Leonie regelmäßig Gesellschaft und versuchte, ihr jeden Tag eine kleine Freude zu machen.

In der Mittagszeit, als die Stalltür aufstand, bekamen wir Besuch vom Rotkehlchen. Es war im Begriff, auf mir zu landen.
In letzter Sekunde stutzte es aber und schwebte mehrere Minuten lang direkt über mir – wie ein kleiner Hubschrauber. Dann drehte es ab.

Ich war sicher, es war Toni.

Es war eisig kalt draußen. Leonie wärmte sich unter dem Rotlicht und ich verwöhnte sie mit allerlei Leckereien. Eines Tages brachte ich ihr ein altes Radio mit, in der Hoffnung, es würde sie ein bisschen unterhalten. Immerhin, Leonie lief gleich hin und untersuchte es neugierig.

Als ich wieder ging, klang beschwingte Musik aus dem Gerät. Im Auto hatte ich denselben Sender eingestellt - so wusste ich unterwegs immer, was die kleine Henne gerade hörte. Ich weiß, ein bisschen verrückt war das schon...

Mirko war erst seit wenigen Tagen aus dem Krankenhaus zurückgekommen, da gab es schon wieder Probleme. *„Ich brauche wohl eine neue Brille!"*, informierte er mich.

Er war am Abend zum Tanken gefahren und auf dem Rückweg in die falsche Spur geraten. Um ein Haar hätte er einen Lieferwagen gerammt.

Gleich am andern Tag fuhr er zum Optiker, um sich nach einer schärferen Brille umzusehen. Dort bekam er die niederschmetternde Auskunft:

- Nur noch 20% Sehschärfe
- Autofahren zu gefährlich!
- Brille zwecklos ! *„Sie können genauso gut eine Lupe nehmen!"*

Es würde Mirko sehr schwer fallen, seinen Führerschein abzugeben. Jedenfalls durfte er mit seiner Sehschwäche eigentlich nicht mehr Auto fahren, schon gar nicht und auf keinen Fall im Dunkeln!

Ihm war seit einiger Zeit selber aufgefallen, dass mit seinen Augen etwas nicht stimmte. Als Rechtsanwalt musste er sehr viel lesen, und das hatte ihm in letzter Zeit Mühe gemacht. Nichts ging ihm mehr so schnell von der Hand wie früher. Aber er hatte gehofft, das würde vorübergehen.

Vor Jahren hatte er sich das linke Auge bei einem Unfall verletzt. Seitdem litt er unter verminderter Sehkraft auf diesem Auge und trug eine Brille. Da das andere gesund war, hatte er aber jahrelang keine Probleme beim Sehen gehabt.

Die aber gab es nun.

Eine Untersuchung beim Augenarzt ergab, dass er den grauen Star hatte. Man empfahl ihm eine Operation, die seine Sehfähigkeit verbessern würde. Beim ehemals verletzten Auge würde es wegen der Nähte an der Hornhaut keinen Sinn machen, aber an dem anderen!

Mirko hatte nun gerade einen Krankenhausaufenthalt hinter sich und fühlte sich noch zu schwach für einen solchen Eingriff.

Mag sein, dass er sich auch davor fürchtete. Der Arzt hatte Verständnis dafür und meinte: *„Erholen Sie sich erst einmal, wir müssen nichts überstürzen!"*

In der Sylvesternacht wurde es dann – wie leider jedes Jahr – sehr laut. Der Himmel war ein leuchtendes Inferno, es krachte und knallte fürchterlich. Die Tiere erschreckten sich zu Tode – das viele Geld hätte man meiner Meinung nach viel sinnvoller anlegen können.

Wir schmiedeten in dieser Nacht Pläne für das Neue Jahr. Mirko sah sich gezwungen, die Greifvögel abzuschaffen.

Die Arbeit mit den Tieren war ihm in letzter Zeit zu viel geworden. Jedes Mal, wenn er sie alle gefüttert hatte, sank er erschöpft auf einen Stuhl und rang nach Atem.

Die Entscheidung, sich von seinen Vögeln zu trennen, fiel ihm nicht leicht. Er hatte sich ja mehrere Jahrzehnte mit viel Hingabe um sie gekümmert.

„Irgendwann muss leider Schluss sein. Vielleicht wird unser Leben dann ja etwas erholsamer, "sagte er.

Danach würde er Zeit haben, an einem Buch über seine Greifvögel zu arbeiten. Ich hoffte, er würde sich vorher am Grauen Star operieren lassen. Andernfalls müsste ich noch alles für ihn tippen …

Beim Schreiben eines Schriftsatzes ermüdete er rasch, und dann konnte er manche Buchstaben nur noch unklar erkennen und machte etliche Fehler.

Unaufschiebbare Schreibarbeiten erledigte ich darum für ihn. Noch am Abend zuvor hatte er mir einen wichtigen Schriftsatz diktiert. Es war brandeilig, gegen Ende des Jahres lief eine Frist ab.

Dabei stand viel Geld auf dem Spiel. Schlimme Sache, ich hätte an Mirkos Stelle längst die Nerven verloren.

Außerdem beschlossen wir, den Installateur zu bestellen. Es gab zwei Badewannen bei uns im Haus, die wir beide nicht benutzen konnten.

Die unten im Souterrain brauchte Mirko für Futtereimer und anderes, gelegentlich diente sie auch als Quartier für kranke Vögel. Und bei der anderen Wanne - eine Etage höher- kam nur kaltes Wasser aus dem Hahn.

Ich träumte davon, endlich einmal wieder zu baden, unterzutauchen und mich gründlich zu entspannen.

2008

Freitag, 4. Januar 2008

Hu, ist das kalt! Etwas blauer Himmel zwischen den Wolken, aber eisiger Ostwind ! Der Gartenstuhl vor dem Hühnerstall ist mit einer Eisschicht überzogen. Als ich vorhin meine Futterschüssel darauf abstellte, rutschte sie auf einmal herunter, so glatt war er.

Inzwischen leiste ich Leonie Gesellschaft. Als sie mich kommen hörte, spektakelte sie empört. Drei Stunden ist sie am Vormittag allein gewesen – arme, kleine Leonie.

Die Stalltür steht auf, - mit Daunenjacke, Schal und Handschuhen bin ich gut geschützt vor der Kälte. Diese Sitzungen bei ihr prägen mein augenblickliches Dasein. Die Leute belächeln mich sicher ..., sollen sie!

Viele Vögel kommen und gehen. Sie finden bei Leonie so allerlei Leckerbissen. Auf diese Weise ist es nicht gar so einsam für sie, nehme ich an.

Auch das Rotkehlchen ist inzwischen wieder mal Dauergast. Wie zart es ist und wie entzückend mit seinen schwarzen großen Augen.

Unter dem Rotlicht scheint Leonie sich wohl zu fühlen. Sie fängt auf einmal an zu singen – und hört gar nicht wieder auf! So, wie es die Hühner im Sommer taten, wenn sie in der Sonne saßen und glücklich waren.

Ich sitze auf dem Stuhl, der Mariechen immer als Abflugrampe diente, um in ihre Legekiste zu gelangen. Mein wunderbares Mariechen!

Gerade habe ich versucht, eine Skizze zu machen von der hübschen Leonie. Sie putzte sich nur gerade ausgiebig und drehte mir den Rücken zu, als hätte sie was dagegen.

Ich staune, wie gelenkig sie ist. Mit ihrem Schnabel kommt sie überall hin, auch bis ans Hinterteil.

Aus dem Radio tönt klassische Musik. Zu meiner Freude funktioniert noch der Empfang, obwohl mir gestern die Antenne abgebrochen ist. Glück gehabt!

Ein Specht hämmert in der Nähe und in der Ferne kreischt unermüdlich eine Baumsäge, ein übliches Geräusch bei uns im Winter. Die Bauern verlagern ihre Arbeit dann vom Feld in die Wälder.

Mir geht das unaufhörliche Sägen ganz schön auf die Nerven. Gerade jetzt fällt krachend ein Baum um. Er tut mir leid.

Nachher mache ich mich auf zum Frisör ‚KAMM IN'.
Ich war über vier Monate nicht da. Vorn herum habe ich mir öfter mal die Haare selbst geschnitten. Nur hinten kam ich nicht dran. Jetzt wird's Zeit, dass das mal ein Profi macht. Ein Frisörbesuch kostet mich 16,90 €.

Ich gehe immer mit nassen Haaren, - das Fönen spare ich mir.

Auf uns kam nun so einiges zu. Mirko hatte Kontakt zu Falknern aufgenommen und ihnen seine Greifvögel angeboten. Manche waren nur an einzelnen Tieren interessiert, einer aus Österreich an nahezu allen. Für ihn entschied sich Mirko.

Nur einige wenige konnten noch bleiben, weil es für sie keine geeigneten Abnehmer gab. Das waren ein paar Turmfalken und auch Josefine, die ja besondere Betreuung brauchte. Sie würden ihr Futter aus einem benachbarten Vogelpark bekommen.

Turmfalke

Damit wollte sich der Besitzer dafür bedanken, dass Mirko ihm in den letzten Jahren mehrere Eulen und Falken geschenkt hatte. Diese hatten sich bei ihm stark vermehrt, und in seinen Volieren wurde es dann zu eng. Darum gab Mirko von Zeit zu Zeit einige von ihnen ab, in der Hoffnung, sie würden es im Vogelpark gut haben.

Zwei Wochen, bevor der Falkner aus Österreich kommen wollte, um die Greifvögel abzuholen, brauchten sie noch einmal neues Futter. Mirko fuhr ein letztes Mal zum Kükenholen nach Norddeutschland.

Zum Glück lag kein Schnee, es herrschten für Januar milde Temperaturen. Aber es war trotzdem riskant, denn er hatte ja diese Probleme mit den Augen.

Seine Fahrten nach Norddeutschland dauerten lange. Das lag nicht nur an der Entfernung, sondern auch daran, dass das Einladen der vielen schweren Kisten mit den tief gefrorenen Küken viel Zeit in Anspruch nahm.

Den ganzen Tag wartete ich unruhig auf Mirkos Rückkehr. Ich hatte Angst, er könnte unterwegs verunglücken. Bloß das nicht! Alle Vögel in den oberen Volieren warteten noch auf ihr Futter. Ich konnte ihnen leider nichts geben – sämtliche Vorräte waren aufgebraucht.

Auch die wilden Bussarde hielten Ausschau nach Mirko. Sie bekamen nämlich immer die Abfälle. Am späten Nachmittag schwebten sie in Scharen heran, riefen laut und verschwanden dann enttäuscht, als sie sahen, dass der Luderplatz leer war.

Boris, der Sakerfalke, saß seit ein paar Tagen in der Badewanne. Es ging ihm gar nicht gut. Vor wenigen Monaten war er noch fit genug gewesen, die Vögel, die sich in seine Voliere verirrten, zu töten ...

Als ich nach ihm sah, zitterte er vor Angst. Armer Kerl !

Danach traute ich mich gar nicht mehr in seine Nähe, weil ich ihn nicht erschrecken wollte. Die fremde Umgebung - das gekachelte Badezimmer - war auch bestimmt schockierend für ihn.

Am Abend stieg ich erstmals seit langer Zeit in die Badewanne. Neuerdings sprudelte wieder warmes Wasser aus dem Hahn. Die Zuleitung war durch Rost verstopft gewesen, der Installateur hatte sie vor ein paar Tagen gereinigt.

Ich ließ die Wanne voll laufen, legte mich dann hinein und schloss die Augen. Ach, war das ein Genuss!

Als Mirko endlich nach Hause kam, schlief ich schon.
Es war noch einmal alles gut gegangen ....

Wenige Tage später starb Boris.
Das Leben war abscheulich.

Wie in jedem Winter stank es im Haus mal wieder nach toten Mäusen. Dieser Leichengeruch war keinem zuzumuten. Es dauerte mehrere Tage, bis er verflogen war. Solange konnten wir keine Gäste einladen.

Aber so war das nun mal, im Leben gab es leider Tiefpunkte und man musste da irgendwie durch. Das war mir klar, aber gegen meine Niedergeschlagenheit konnte ich trotzdem nichts tun.

Was mich besonders bedrückte war, dass Kolja sich seit Weihnachten nicht mehr gemeldet hatte. Ich wusste, dass er seine Zelte in London abbrechen und in die USA übersiedeln wollte.

Wo war er? Wie ging es ihm?

Wie immer, wenn ich deprimiert war, stürzte ich mich in die Arbeit. Ich schrubbte den Fußboden bei den Papageien. Diese ließen ja unentwegt etwas fallen – Körner, Obst, Milchreis ... pur und als verdaute Kleckse.

Unter ihnen entstand mit der Zeit eine Dreckschicht, die schwer abging. Ich löste sie mit Messer und Spachtel ab, bevor Schrubber und Seifenlauge zum Einsatz kamen. Danach ging es mir dann besser! Ich war zwar erschöpft und nass geschwitzt, aber zufrieden.

Die Vögel störte der Dreck auf dem Fußboden wohl nicht, sie flogen freiwillig sowieso niemals nach unten. Aber ich freute mich, wenn es da endlich einmal wieder sauber war.

Der Termin, an dem Mirkos Vögel abgeholt werden sollten, rückte näher. Mirko wusste, es musste sein, aber er war auch dankbar für jeden Tag, an dem es noch nicht soweit war. Ein schmerzlicher Abschied stand ihm bevor.

Ein Glück, dass nicht auch noch die Papageien verkauft werden mussten. Das hätte mir das Herz gebrochen. Jeden Morgen freute ich mich aufs Neue über Kikis Begrüßung.

Es klang tatsächlich, als würde ein Mensch sprechen. Meistens sagte er laut und deutlich *„Guten Morgen!"*, oft rief er einfach *„hallo!"* oder *„na du?"*

Irgendetwas gab er fast immer von sich. Morgens schmuste er mit seinem Sohn Momo, manches Mal fütterten sie sich auch gegenseitig. Tröstlich, dass die beiden sich so gut verstanden.

Desirée war Kiki seit langem untreu geworden, - ihr inzwischen erwachsener Sohn Robby hatte sie in Beschlag genommen.

Daraufhin wandte Kiki sich Momo zu. Beide verbrachten die Nächte eng nebeneinander und gingen sehr zärtlich miteinander um.

Nach tagelangem Regen zeigte sich die Sonne wieder. Die gelben Blüten unserer Zaubernuss hoben sich wunderschön ab von dem blauen Himmel, die ganze Welt war wie verwandelt. Ich fand, die Luft fühlte sich schon ein bisschen nach Frühling an.

Bei diesem Wetter ging ich gern ein bisschen spazieren mit Leonie. Immer der Sonne nach, bis vor die Haustür. Die Henne kam treu hinter mir her. Es war eine kleine Abwechslung in ihrem einsamen Leben.

Eines Tages stellte ich bei ihr im Stall einen großen Spiegel auf. Damit sie mal eine Artgenossin sah ... Vermutlich erkannte sie sich ja nicht selber im Spiegelbild.

Vorerst schien ihr das aber nicht geheuer zu sein, sie traute sich nicht in seine Nähe.

Am 1. Februar kam der Falkner aus Österreich, um die Greifvögel abzuholen. Das waren Schnee-Eulen, Turmfalken, Buntfalken, Bussarde und ein Adler, – allesamt bildhübsche Tiere! Ich fand es abscheulich, dass Mirkos Lieblinge wie irgendwelche Waren verkauft wurden.
Er hätte seine Greifvögel am liebsten in die Natur entlassen. Das war ihm aber gesetzlich und auch von den Behörden untersagt. Der große Steinadler lebte seit 1974 in menschlicher Obhut und hatte keine Scheu vor Menschen.
Würde er sich in der freien Natur jemandem nähern, könnte es bei diesem zu panischem Fehlverhalten kommen.
Eine Auswilderung der Bussarde war als Faunenverfälschung strafbar. Mirko hatte verletzte Greifvögel gesund gepflegt. Dabei hatten sich bei ihm ein nordamerikanischer Rotschwanzbussard, der einem Falkner entflogen war, und eine deutsche Mäusebussard- Frau ineinander verliebt und regelmäßig Hybriden erbrütet.
Diese Kreuzungen gab es nirgendwo auf der Welt, - die heimischen kleineren und schwächeren Bussarde durften nicht durch die starken Hybriden gefährdet werden.

Als die Tiere gefangen und in Kartons gesteckt wurden, fuhr ich mit dem Auto weg ... Ich konnte das einfach nicht mit ansehen. Die Vorstellung, dass die geschockten Vögel jetzt eine ewig lange Autofahrt nach Österreich vor sich hatten, bedrückte mich sehr.

Sie taten mir furchtbar leid. Mirko hingegen biss die Zähne zusammen und ließ sich nichts anmerken. Mehrere riesige Volieren – von ihm mühevoll eigenhändig gebaut – waren nun leer.

Gott sei Dank, am Abend kam endlich ein Anruf von Kolja. Wir waren erleichtert, denn wir hatten ja lange nichts von ihm gehört.

Er war nach Los Angeles gezogen, nachdem er bei einer Greencard-Lotterie die Aufenthaltserlaubnis für die USA bekommen hatte und versuchte nun sein Glück in Hollywood. Vorerst konnte er von seinem Ersparten leben. Von Vorteil war, dass er fließend englisch sprach, allerdings noch mit unüberhörbarem deutschen Akzent.

„Entweder es klappt, oder es klappt nicht!", teilte er uns mit. *„Wenn ich es nicht wenigstens versuche, habe ich mein Leben lang das Gefühl, etwas versäumt zu haben."* Er war begeistert von Land und Leuten und dem schönen Wetter in Kalifornien.

Mirko und auch ich hätten es lieber gehabt, er wäre in Deutschland geblieben, wo er schon gute Kritiken für Theater- und auch Filmrollen bekommen hatte. In Hollywood war er unbekannt, - die Chance dort Erfolg zu haben, war überaus gering. Wir hatten Sorge, unser Sohn würde gründlich auf die Nase fallen. Allerdings imponierte uns sein Mut, - immerhin war er erwachsen und natürlich hofften wir, alles würde gut gehen. Nach dem Motto: *„Wer nicht wagt, der nicht gewinnt!"*

Kolja war guter Dinge. Er erzählte, dass er gerade eine kleine Rolle in einem Film mit Tom Hanks ergattert hatte. Da spielte er einen farbenprächtig gekleideten Soldaten der Schweizer Garde, der Wache des Papstes.

Das war fürs Erste gar nicht schlecht, fand er. Nach diesem Telefongespräch war ich ein bisschen erleichtert.

Am andern Tag war strahlend schönes Wetter. Der verschneite Wald sah herrlich aus mit dem blauen Himmel darüber. Aber es ist blieb vorerst eisig kalt.

Vor Leonies Stall war ein Unglück geschehen. Überall lagen Taubenfedern. Das hatte sicher ein Habicht gemacht. Ich war jedes Mal erschrocken, wenn so etwa passierte. Musste das denn sein, dass einer den andern auffrisst? Bei aller Ehrfurcht vor der Schöpfung, in diesem Punkt, fand ich, bedurfte sie einer Korrektur.

Leonie war im Stall verschwunden. Hurra, der Bann war gebrochen: Sie pickte vorsichtig auf ihren Spiegel! Manchmal lief sie auf ihn zu, machte kurz davor aber kehrt und rannte aus dem Stall, um nachzusehen, ob dieses Huhn, das sie sah, vielleicht draußen – hinter der Wand, an der der Spiegel lehnte, stand. Aber da war dann leider keins.

Ich setzte mich draußen vor den Stall und las in einem Buch mit Kapuze auf dem Kopf - gegen die Kälte. Leonie kam zu mir, pickte nach ein paar Körnern und ging dann ein bisschen spazieren... Irgendwann war sie nicht mehr zu sehen.

Ich rief nach ihr und schaute mich suchend um. Dabei fiel mein Blick auf das offen stehende Gartentor. Womöglich war Leonie hinausgelaufen? Wenn sie wollte, konnte sie enorm schnell rennen.

Dann aber drehte ich mich um und merkte, dass sie direkt hinter mir stand. Sozusagen in meinem Windschatten. Als wollte sie mir einen Streich spielen und mich mal zum Spaß erschrecken.

In der Nacht kamen wieder einmal Wildschweine vorbei, wir hörten sie grunzen. Auf der Suche nach Essbarem durchpflügten sie unseren Rasen und buddelten unter dem Balkon einen tiefen Krater: Perfekte Vorarbeit für einen Gartenteich, wenn man denn gern einen hätte.

Ende Februar hörten wir die Zugvögel. Wir liefen vors Haus und sahen ihnen fasziniert zu. In einer großen Eins flogen sie zügig und laut rufend in Richtung Nordosten. Mirko meinte, das seien Kraniche.

„Woher weißt du das so genau?", erkundigte ich mich. *„Das höre ich, - sie rufen irgendwie trompetenartig!"*, sagte er. Mein Mann war der Vogelexperte, wahrscheinlich hatte er Recht. *„Hoffentlich kommen sie heil ans Ziel!", sagte ich.*

Anschließend begab ich mich zu Leonie. Kaum hatte ich mich zu ihr gesetzt, bekamen wir Besuch von zwei jungen Jägern, beide kräftig, grobschlächtig, Haare kurz geschoren. Leonie lief zutraulich auf sie zu und begrüßte sie freudig.

Mich bedrückte ihr Besuch eher. Sie waren am Waldrand auf Patrouille und offensichtlich hinter Wildschweinen her. Die Spuren, die diese bei uns hinterlassen hatten, waren nicht zu übersehen.

„Überall richten die Schweine große Schäden an, und wir werden dafür verantwortlich gemacht!", sagten die Männer. Dann machten sie sich ein paar Notizen und gingen schließlich weiter, zumal ich ihnen deutlich gemacht hatte, dass sie störten.

„Sie wissen aber schon, dass Sie auf unserem Waldgrundstück keine Tiere totschießen dürfen?" rief ich ihnen noch nach. Erinnerungen an unsere Wildschweinbabys wurden in mir wach.

Wie ich mich Tag für Tag um sie gekümmert hatte, und wie sehr sie mir ans Herz gewachsen waren. Und wie sie ein paar Monate später von Jägern abgeschossen wurden ...

Draußen herrschten mittlerweile milde Temperaturen, der Frühling war in Sicht – und damit auch wieder die Zecken. In der Zeitung wurde jedenfalls schon davor gewarnt! Ich erinnerte mich mit Schrecken an die Zeckeninvasion im letzten Jahr.

Ich stellte schon mal die Gartenmöbel raus, aber vorerst auf den Kies. Auf der Wiese beim Hühnerstall und unter dem Holunderbusch konnten die Zecken lauern. Das Schöne war, die Sitzgelegenheiten ließen sich ohne viel Aufwand ganz nach Belieben umstellen. Wenn nur diese kleinen Biester nicht hinterher kämen!

Leonie stand nun oft vor ihrem Ebenbild und pickte unermüdlich drauf herum... Wirklich schade, dass dieses Spiegelbild sich nicht als lebendiges Huhn outen konnte!

Nachmittags machte ich mit ihr immer wieder mal einen kleinen Ausflug. Einmal spazierten wir rund ums Haus. Leonie ergriff die Initiative und lief vor mir her.

Die Sonne schien, es machte ihr offensichtlich Spaß.

Als wir bei dem ehemaligen „Frauenhaus", in dem Leonie früher zusammen mit anderen Hennen gewohnt hatte, ankamen, fing sie laut an zu gackern.
Leider war es ganz leer...

Je länger ich der kleinen Leonie Gesellschaft leistete, umso mehr beeindruckt sie mich. Ich fand sie ganz allerliebst.

Mit ihren bernsteinfarbenen Augen, ihrem weißen Gefieder, ihrem behutsamen Gang und auch ihrem Dickkopf. Was sie nicht wollte, das wollte sie eben nicht. Wie sie vorsichtig einen Fuß vor den anderen setzte mit hocherhobenem Köpfchen, süß war das! Und mit wie viel Anmut sie sich niederließ - so graziös konnte ich das nicht!

Seit sie alleine war, beschäftigte sie sich notgedrungen mit zwei Rätseln. Da waren einmal dieses Spiegelbild und dann auch noch das Radio, aus dem Stimmen kamen. Von Zeit zu Zeit pickte sie daran, aber das brachte sie dem Geheimnis auch nicht näher.

Am Abend wollte Leonie gar nicht wieder in den Stall. Sie gackerte auf einmal vor sich hin und hielt Ausschau nach ihrer Hühnerfamilie: *„Wo seid ihr denn alle ?"* schien sie zu rufen. Arme kleine Leonie.

Ein paar Tage später änderte sich das Wetter - hu, war das ein Wind! Die großen Bäume – einige dreißig Meter hoch - schwankten bedrohlich hin und her. Es sah richtig gefährlich aus und hörte sich auch gefährlich an.

Der Sturm klang ähnlich wie die tosende Nordsee...
Eine Naturgewalt, vor der man Angst kriegen konnte.
Ich setzte mich natürlich trotzdem wieder zu meiner Henne in den Hühnerstall. Während ich ein paar Kreuzworträtsel löste, war Leonie damit beschäftigt, die Mehlwürmer aufzupicken, die ich ihr mitgebracht hatte. Einige hatten das Weite gesucht, aber die kleine Henne fand sie nach und nach alle.

Dann legte sie sich ins Heu, direkt zu meinen Füßen. Und sie sang! Sie schien wieder ein bisschen glücklich zu sein. Der Sturm draußen beunruhigte sie offenbar nicht weiter.

Leider währte dieses Glück nicht lange.
In der Woche vor Ostern war Leonie nicht mehr gut drauf. Sie saß plötzlich matt im Stroh und schien ernstlich krank zu sein. Auf die Stange fliegen konnte sie bald nicht mehr, dazu war sie zu schwach.

Es folgte ein trauriges Ostern. Leonie fraß nun gar nichts mehr und ihre hübschen Schwanzfedern standen auf Trauer: alle nach unten.

Am Abend legte sie sich – wie auch die andern Hühner vor ihr – zum Sterben hinter einen Holzbalken.

Während ich das schreibe, kommen mir die Tränen ...
Ich trauerte noch lange um meine süße kleine Leonie.

Leonie

Nur noch leere Ställe ...

Ich ging immer noch hin, das Rotkehlchen erwartete mich da jeden Morgen!

Die Stimmungskurve, die ich damals Tag für Tag in mein Tagebuch malte, ließ deutlich erkennen, wann das Rotkehlchen gekommen war und wann nicht. Ein steiler Hügel bedeutete: Hurra, es war aufgetaucht! Lange Zeit hindurch zierten viele frohe Hügel das Tagebuch.

Später, als es wärmer wurde, allerdings nicht mehr. Dann gab es genügend Nahrung für Toni und die andern Vögel am Waldrand, in Gärten und Hecken. Ich hörte ein Rotkehlchen von Zeit zu Zeit in der Ferne singen und nahm an, dass es Toni war.

2009 - 2011

Im folgenden Jahr wurde Mirkos rechtes Auge am Grauen Star operiert. Seine Sehschwäche hatte sich weiter verschlimmert, sodass er sich schließlich dazu entschlossen hatte.

Und das musste er nicht bereuen, hinterher war seine Sehschärfe erheblich verbessert. Jedenfalls die auf dem rechten Auge!

Abgesehen davon, dass ich nun keine Schriftsätze für ihn schreiben musste, änderte sich für mich vorerst kaum etwas.

In meinem Tagebuch kamen unentwegt irgendwelche Tiere vor. Vor allem die Papageien! Sie prägten meinen Alltag weiterhin, machten regelmäßig Arbeit, aber auch viel Freude.

An keinem einzigen Tag vergaß ich, dass sie bei uns in Gefangenschaft lebten und nicht im heimatlichen Urwald. Immer wieder war ich bemüht, sie dafür zu entschädigen.

Ich plante täglich zwei bis drei Stunden für sie ein, häufig wurden es mehr. Bei ihnen gab es immer was zu tun. Sie machten viel kaputt und dauernd ließen sie was fallen.

Alte Äste ersetzte ich regelmäßig durch frische aus unserem Wald, befestigte daran Äpfel oder auch neue Klorollen zum Zerknabbern (aus Holz hergestellt und nicht parfümiert oder chloriert).

Für die Pappe innen drin interessierten sie sich nicht besonders, aber es machte ihnen großen Spaß, an dem Papier zu knabbern und es nach und nach abzureißen.

Am Ende war der Fußboden unter ihnen voller weißer Schnipsel.

Längere Zeit im Frühling hatte sich das Rotkehlchen nicht blicken lassen. Es war ja Balzzeit und im Vogelreich begann die Partnersuche. Damit tröstete ich mich jedenfalls.

Eines Tages im Juli war Toni plötzlich wieder da. Früh morgens, als ich gerade das Trinkwasser am Futterplatz erneuerte, landete er direkt vor meinen Füßen. Und er sah mich an, als wollte er sagen: *„Hier bin ich! Gib mir was zu essen!"*

Den restlichen Sommer hindurch und auch im Herbst erschien er nahezu regelmäßig. Im November auf einmal nicht mehr, sodass ich schon befürchtete, es sei ihm was zugestoßen.

Aber zu meiner Freude tauchte er dann doch eines Tages wieder auf. Es war inzwischen kalt geworden. Vermutlich hatte sich Toni an mein Futter erinnert. Und an das Rotlicht, an dem er sich wärmen konnte.

Im Dezember blieb es weiterhin eisig draußen, - in der Kälte kam er nun mehrmals am Tag. Manchmal wartete er schon auf mich.

Für die allerschönste Überraschung sorgte Judith. Am 10. Mai 2009 Mai kam ihr Baby, der kleine Paul, zur Welt! Damit hatten wir allen Ernstes nicht mehr gerechnet. Wir wurden Großeltern!

Jahrelang hatten wir uns ja vergeblich ein Enkelkind gewünscht, - und uns schließlich damit abgefunden, dass unsere Tochter kinderlos bleiben würde. Nun aber waren wir ganz aus dem Häuschen! Diese Freude, dieses Glück! Es lässt sich gar nicht mit Worten ausdrücken.

Als ich Paulchen das erste Mal sah, war ich sehr ergriffen – so winzig, so zart, welch ein Wunder. Von da an fuhr ich so oft es möglich war nach München.

Kolja fühlte sich in Los Angeles sehr wohl, liebte das milde Klima und die lockere Atmosphäre dort. Er kam mit den Leuten gut zurecht und mit der Zeit war Kalifornien zu seiner zweiten Heimat geworden.

Die lag zwar für mich am Ende der Welt, aber wir konnten mit Skype übers Internet telefonieren und uns sogar dabei gegenseitig sehen. Diese wunderbare Möglichkeit nutzten wir regelmäßig.

Allerdings hatte Kolja im dortigen Filmgeschäft wenig Glück. Nur hin und wieder bekam er unbedeutende Filmrollen. Von Zeit zu Zeit drehte er in Europa, um sein Konto aufzufüllen. Bei der Gelegenheit besuchte er alte Freunde und auch uns. Aber dableiben wollte er auf keinen Fall. Ich hätte ihn sehr gern dazu überredet.

In den USA war er angewiesen auf Nebenverdienste. Er arbeitete als Aushilfskellner, gelegentlich auch als Übersetzer von Filmuntertiteln und als Synchron- oder Voice-Over-Sprecher. Vor allem aber verdiente er sich Geld mit Übersetzungen von Büchern. Als Quereinsteiger machte er sich bald einen Namen und bekam Aufträge von einem bekannten Verlag.

Nach der Rohübersetzung (amerikanisch – deutsch) eines Manuskripts musste alles gründlich überarbeitet und mit der Lektorin, der Eigentümerin des Verlags, besprochen werden.
Das war oft harte Arbeit, die sich manchmal über mehrere Wochen hinzog. Bei der Gelegenheit lernten sie sich näher kennen und sie verliebten sich leidenschaftlich ineinander. Im Laufe der Zeit erwies sich dann immer mehr, dass die Chemie zwischen ihnen stimmte.

Mittlerweile waren sie zusammengezogen und sie schienen glücklich miteinander zu sein. Es ging ihnen offensichtlich gut.

2012

Ich war mittlerweile 74 geworden. Jeden Morgen machte ich gleich nach dem Zähneputzen längere Zeit Kopfstand, - das tat mir gut, darauf verzichtete ich nie. Und ich schwamm viel in der Talsperre – auch bei schlechtem Wetter. Dann fühlte das Wasser sich anfangs kühl an, aber das gab sich nach einer Weile. So erarbeitete ich mir Glückshormone!

Ohnehin war ich tagsüber unentwegt in Bewegung und eigentlich nie fertig mit allem, was ich mir vorgenommen hatte. Aber es ging mir gut, ich war noch recht fit. Trotzdem dachte ich öfter einmal an den Tod. Der Gedanke, ich würde vor unseren Papageien sterben, bedrückte mich. Die meisten können ja viel älter werden, als ihre Besitzer. Was würde dann mit ihnen geschehen?

Ich hatte von traurigen Papageienschicksalen gehört. Die Vögel, deren Besitzer gestorben waren, kamen dann mit ihrer neuen Unterkunft nicht klar, vegetierten nur noch unglücklich vor sich hin, bis sie vor Kummer starben.

Das wollte ich meinen Lieblingen unbedingt ersparen. Darum entschloss ich mich, vorzusorgen und mich schon einmal nach einem neuen Zuhause für sie umsehen – für spätere Zeiten.

Ich hatte mich für einen Vogelpark in Holland entschieden, auf dessen Homepage zu lesen war:

„Wussten Sie, dass ein Papagei in Gefangenschaft mindestens 8 Stunden Zuwendung pro Tag braucht?"

An einem sonnigen Tag im August setzte ich mich in mein kleines Auto, um dorthin zu fahren. Für diese Reise hatte ich alles gut vorbereitet. Die Papageien hatten frische Zweige, mehrere saftige Maiskolben und eine dicke Klorolle zum Zerzupfen bekommen. Damit waren sie erst einmal gut beschäftigt.

Mirko hatte vor, im Laufe des Tages nach ihnen zu sehen. Am Abend wollte ich wieder zurück sein.

Ich startete bei strahlend blauem Himmel gleich nach dem Frühstück. Da der Sicherheitsgurt mich zu sehr beengte, schnallte ich mich nicht an.

Es war schon am Morgen sehr warm, ich drehte die Fensterscheiben weit herunter und genoss den Fahrtwind. Schon nach kurzer Zeit erreichte ich die Autobahn. Ich fuhr zügig, reihte mich ziemlich bald auf der Überholspur ein und ratterte vorbei an schweren Lastwagen, einem nach dem anderen.

Aus dem Radio kam klassische Musik und ich sang aus voller Kehle mit. Ich genoss es, allein zu sein und so laut und so schief und so sentimental singen zu können, wie es mir gerade passte. Wie schön war doch das Leben!

Immer noch fuhr ich auf der Überholspur, hinter mir kam nichts, ich hatte freie Bahn und war froh, so schnell voran zu kommen. Bis zum Mittag wollte ich bei dem Vogelpark ankommen. Mein Navigationsgerät würde mir dabei helfen, da war ich zuversichtlich.

Plötzlich passierte es, ich verunglückte. Vermutlich hatte ich einen Augenblick nicht aufgepasst! Später rekonstruierte man folgendes Unfallgeschehen: Ich war mit großer Geschwindigkeit gegen eine Leitplanke geknallt. Der Aufprall war so stark, dass ich dabei aus dem Auto geschleudert wurde.

Anschließend musste ich ein ganzes Stück am Straßenrand entlang geschliddert sein. Davon zeugten meine Wunden an Armen und Beinen.

Man fand mich bewusstlos am Rand der Autobahn.

Es gab keine Zeugen, niemand konnte sich erklären, wie es zu dem Unfall gekommen war. Mein kleines Auto hatte Totalschaden und ich selbst beinahe auch.

Bei Mirko klingelte mittags das Telefon. Er nahm den Hörer ab und sagte: *„Na endlich!"* Er dachte, ich sei am Apparat.

Aber es war die Polizei, die sich da am andern Ende meldete. Von ihr erfuhr er, was passiert war. *„Ihre Frau liegt schwer verletzt in der Duisburger Unfallklinik!"*, informierte man ihn.

Mirko wäre am liebsten sofort zu mir gefahren. Aber die Stationsärztin, mit der er anschließend telefonierte, riet ihm davon ab. Ich war noch bewusstlos, und was ich vor allem brauchte, war absolute Ruhe.

Offenbar war niemand außer mir zu Schaden gekommen, jedenfalls hatte die Polizei keinen weiteren Unfallbeteiligten ermitteln können.

Ich wurde mit schwerem Schädel-Hirntrauma in eine Unfallklinik eingeliefert und war längere Zeit bewusstlos. Es bestand die Gefahr einer Hirnblutung. Eine große Platzwunde am Kopf hatte man gleich nach der ersten Untersuchung genäht.

Ich lag in einem 3-Bettzimmer. Als ich zu mir kam, ging es mir gar nicht gut. Ich litt unter Übelkeit, mir war schwindelig, alles tat mir weh, und ich konnte mich kaum rühren.

Bedrückend für mich war, dass mir die einfachsten Wörter nicht mehr einfielen. Ich hätte so gern mit jemandem gesprochen, ihn gefragt, was überhaupt passiert war.

Aber das ging nicht, ich konnte auf einmal nicht mehr sprechen, obwohl ich es verzweifelt versuchte. Diagnose: Aphasie! Mein Sprachzentrum hatte offenbar gelitten.

Und das quälte mich sehr. Ich fürchtete, man hielte mich für blöd oder geisteskrank, eben „auf den Kopf gefallen". An meinen Unfall konnte ich mich nicht erinnern, auch nicht an die Zeit danach, als man mich ins Krankenhaus gebracht hatte.

Nun, da ich wieder bei Bewusstsein war, konnte Mirko mich besuchen. Nur kurz, da ich sehr mitgenommen und kaum ansprechbar war.

Ich lag da, wie ein armer Lazarus - bleich, voller Schürf- und Platzwunden und mit einem Verband um den Kopf. So hatte er mich noch nie so gesehen.

Er umarmte mich vorsichtig und gab mir einen zärtlichen Kuss auf die Nasenspitze, - den Körperteil, der noch unversehrt war...

„Den Papageien geht es gut!", sagte er.

Er erzählte, was sie so anstellten, und währenddessen schlief ich ein ....

Ich träumte von Einstein...

Es war bedrückend, er lag in einem Bett und sollte eingeschläfert werden. Allerdings ließ man ihn lange warten.
Ich musste derweil irgendwo hinfahren und etwas erledigen. Im Hinterkopf quälte mich aber ständig der Gedanke an den geduldig wartenden Hund im Bett.

Mirko schlich sich leise davon. Eine Tasche für mich mit Zahnbürste, Handtuch und einem frischen Nachthemd gab er im Schwesternzimmer ab.

Auch an Bücher und Zeitschriften hatte er gedacht. Damit war ich allerdings noch überfordert. Ich hatte nicht einmal die Kraft, ein Buch in den Händen zu halten.

Als ich aufwachte, war ich froh darüber, nur geträumt zu haben. Allerdings sah die Realität für mich auch nicht gerade rosig aus.

Die Stationsärztin kam regelmäßig an mein Bett zum Blutdruck messen. Danach leuchtete sie mir mit einer grellen Lampe direkt in die Augen. Was sie dabei feststellte, verriet sie nicht.

Ich wusste, dass Ergebnisse der Pupillenkontrolle auf neurologische Probleme hinweisen können und machte mir Sorgen.

Die Angst war das Schlimmste. Davor, dass mein Gehirn dauerhaft geschädigt war.

Anschließend wurden die Reflexe geprüft. Ich zuckte jedes Mal vor Schmerz zusammen, wenn die Ärztin kräftig auf meine verletzen Knie klopfte. Diese waren eine einzige große Wunde, die Haut daran restlos abgeschürft.

Jeden Tag wurde der Verband erneuert, dazu musste der alte erst einmal ruckzuck abgemacht werden, was höllisch wehtat. Ich konnte nicht anders, ich schrie dabei wie ein verwundetes Tier.

Die Ärztin schien überarbeitet zu sein, zeigte keinerlei Mitgefühl und schenkte mir nicht einmal einen freundlichen Blick, nicht ein einziges Mal. Die erste Zeit im Krankenhaus war das reinste Martyrium für mich.

Eine Woche verging und eine weitere, es war mittlerweile September geworden. Mirko hatte jetzt viel zu tun. Die tägliche Arbeit bei den Vögeln fand er recht anstrengend. Erschwerend war, dass sie sich jedes Mal fürchterlich aufregten, wenn er zu ihnen kam.

Er hatte sie früher nur gelegentlich besucht, - insbesondere, wenn bei ihnen im Zimmer etwas repariert werden musste. Sie hatten offensichtlich noch immer kein Vertrauen zu ihm.

Als Mirko eines Morgens das Papageienzimmer betrat, lief Kiki angriffslustig auf ihn zu und hackte nach ihm. Er ließ sich nicht beirren, scheuchte Kiki weg und machte sich daran, den Futterplatz auf dem Schrank zu säubern. Dazu musste er auf eine Leiter steigen. In der rechten Hand hielt er einen Stock, mit dem er den Papagei abwehrte, mit einem Lappen in der linken wischte er eilig den Dreck weg.

Anschließend war es eine Kleinigkeit für ihn, das Futter zu verteilen. Und eine Freude zu sehen, wie die Tiere sich darauf stürzten.

Das Lästigste war eindeutig immer wieder das Saubermachen. Jedes Mal musste er sich nach Essensresten und anderem, was runtergefallen war, bücken. Das alles klebte an seinen Schuhen, wenn er es nicht regelmäßig beseitigte. Und dann wieder die Kletterei auf Hocker und Leitern, um die Schlafplätze oben im Schrank zu reinigen.

Erst seit ich längere Zeit weg war, wurde ihm klar, wie viel Arbeit die Papageien machten.

Für mich schien die Zeit stillzustehen, - unentwegt auf dem Rücken liegen, das war kaum auszuhalten. Aber auf die Seite drehen konnte ich mich nicht, wegen zahlreicher Wunden am ganzen Körper.

Warten war angesagt von morgens bis abends ....
Auf die Ärztin, die mir jedes Mal wehtat und auf Mahlzeiten, die ich im Liegen einnehmen musste, was recht schwierig war.

Ich durfte mich nicht aufrichten, - ohnehin wurde mir schwindlig, sobald ich den Kopf anhob.

Mirko rief täglich im Krankenhaus an und wollte wissen, wie es mir ging. Die Krankenschwestern gaben ihm immer wieder dieselbe Auskunft: *„Wie Sie wissen, hat sie eine schwere Gehirnerschütterung! Was sie braucht, ist in erster Linie Ruhe!"*

Ich war noch immer schläfrig, geplagt von Schmerzen, Schwindelgefühl und Sprachlosigkeit. Nach 3 Wochen wurde Mirko ungeduldig und verlangte, die Stationsärztin zu sprechen.

Sie war wie üblich unfreundlich und machte ihm wenig Hoffnung auf eine baldige Entlassung von mir.

Am Schluss fügte sie noch hinzu: *„In manchen Fällen dauert es einige Monate, bis die letzten Spätfolgen verschwinden!"*

Ich döste meistens mit geschlossenen Augen vor mich hin. Mit meinen Gedanken war ich viel bei Mirko und den Tieren. Erinnerungen an vergangene Jahre zogen an mir vorbei….

Ich war zu den Papageien ins Zimmer gegangen und sehr überrascht, weil sie plötzlich in Panik vor mir – ich trug einen blauen Pulli - flüchteten.

Sie flatterten aufgeregt in die hinterste Ecke. Ich war selber auch ganz schön erschrocken und versuchte, sie zu beruhigen. Aber es gelang mir nicht.

Nachdem ich was andres angezogen hatte, diesmal war es ein rotes Hemd, beruhigten sich die Vögel wieder.

Dass unsre Sensibelchen ausgerechnet bei blauen Sachen Angst bekamen und nicht etwa bei roten war mir ganz neu!

Für die Sichtweise der Papageien und auch anderer Tiere hatte ich mich schon immer interessiert. Gern hätte ich einmal durch das Facettenauge einer Fliege geschaut ….

In der 4. Woche ging es mir dann zum Glück besser, die Kopfschmerzen und auch das Schwindelgefühl ließen nach und meine Wunden verheilten allmählich. Ich musste mich nicht mehr erbrechen, der Spucknapf wurde weggeräumt. Zu meiner großen Erleichterung fielen mir plötzlich auch wieder ein paar Worte ein!

Für eine Unterhaltung mit den Zimmergenossinnen reichte mein winziger Wortschatz leider noch nicht aus. Trotzdem versuchte ich aber, mich irgendwie verständlich zu machen.

Dinge, für die mir nicht die richtigen Bezeichnungen einfielen, begann ich mühsam zu umschreiben. Den Nachttopf nannte ich beispielsweise „Vase" und erntete daraufhin schallendes Gelächter. Ich wusste, es war nicht die richtige Bezeichnung, immerhin aber auch ein Behälter. Ich blieb also erst einmal „die mit dem Dachschaden!"

Und das kränkte mich außerordentlich. Ich zog mir die Decke über den Kopf, schlief nach einer Weile ein und hatte einen schmerzlichen Traum.

Ich schwamm mit Johanna durch eine Talsperre. Das Wasser fühlte sich angenehm warm an, es war traumhaft schön!

Auf einmal aber ging Johanna unter! Sehr schnell und völlig lautlos. Ich tauchte nach ihr, aber vergeblich... Ich konnte sie einfach nicht finden. Große Verzweiflung, Panik!

Endlich, in der 5. Woche, bildeten sich bei mir die Symptome der Aphasie zurück. Unsicher und noch zögerlich, fing ich an, in Sätzen zu sprechen. Es war wie ein Wunder, auf einmal ging es wieder. Wie selbstverständlich tauchte mein ganzer Wortschatz wieder auf..., ich musste nicht mehr mühsam nach Ausdrücken suchen, sie waren einfach da. Währenddessen konnte ich mich eines gewissen Triumphs nicht erwehren, - darüber, dass ich nun nicht mehr zu „denen mit dem Dachschaden" gehörte. Mir fiel ein Stein vom Herzen!

Nun konnte ich telefonieren, bekam öfter einmal Besuch und ich fing an, zu lesen. Damit änderte sich für mich der Krankenhausalltag deutlich und meine Lebensgeister erwachten. Endlich schob man mir keinen Schieber mehr unter, - wie hatte ich das verabscheut.

Das erste Mal, als ich aus dem Bett stieg, bekam ich Kreislaufbeschwerden und sackte zusammen. Mir war schwindlig geworden, ich fing an zu zittern und hatte zu meiner Überraschung keine Kraft mehr in den Beinen. Auf dem kurzen Weg zur Toilette wurde ich darum eine Zeitlang von einer Schwester begleitet.

„Ich ... kann... schon wieder... zur .. Toi..let..te ... gehen!", teilte ich Mirko am Telefon mit. Ich sprach noch jedes Wort langsam und mit Bedacht aus.
„ Oh, dann kannst du ja wieder nach Hause kommen!", fand er.
„ Nichts ... lieber ... als das!", flüsterte ich in die Hörmuschel. Dazu war ich aber noch zu schwach. Ein bisschen musste ich mich noch gedulden. Von einer Entlassung konnte vorerst noch keine Rede sein.

Eines Tages, ich lag inzwischen schon über fünf Wochen in der Klinik, kamen zwei Polizisten zu mir. Sie setzten sich an mein Bett und wollten von mir Genaueres über meinen Autounfall erfahren. Ich erschrak: War ich schuld? Hatte ich wohlmöglich jemanden angefahren?

„Es tut mir leid, ich weiß wirklich nicht, was passiert ist!", sagte ich wahrheitsgemäß.

Die Polizei war natürlich über mein Blackout informiert worden. Aber sie war verpflichtet, mich noch einmal persönlich zu befragen. Nun, da es mir besser ging, waren möglicherweise bei mir Erinnerungen an das Unfallgeschehen wiedergekommen. Aber dem war nicht so.

Es wurde ein kurzer Besuch, die Beamten machten sich ein paar Notizen und verabschiedeten sich alsbald. Ich atmete auf, als sie wieder gegangen waren.

Es beunruhigte mich, dass ich so gar nicht wusste, was bei dem Unfall passiert war. Vielleicht gab es weitere Unfallbeteiligte?

„Sei doch froh über Deine Erinnerungslücke .... Diese Schreckensszenen würden dich nur belasten!", sagte Mirko. *„Falls noch irgendjemand anderes zu Schaden gekommen wäre, hätte der sich mit Sicherheit gemeldet."*

Die Unfallursache wurde nie aufgeklärt.

Vielleicht war ich ja auch vor einem Tier ausgewichen oder ein unbekannter Autofahrer hatte mich zur Seite gedrängt **....**

In der folgenden Zeit machte ich regelmäßig Laufübungen. Anfangs nur ein paar Schritte vom Bett bis zum Fenster, danach war ich froh, mich wieder hinlegen zu können. Ich litt noch unter Kreislaufbeschwerden, fühlte mich schnell schwindlig und nahm dann meine Umgebung nur noch wie durch Watte wahr ...

Das wurde aber zum Glück von Tag zu Tag besser. Alsbald lief ich bis zum Schwesternzimmer, danach bis zur Sitzecke auf dem Korridor und bald auch bis zum Fahrstuhl, - immer ein Stückchen weiter.

Schließlich, sieben Wochen nach meinem Unfall, wurde ich entlassen.
Es war mittlerweile Oktober geworden ....

Auf diesen Tag hatte ich voller Ungeduld gewartet, und als ich endlich wieder zu Hause war, kamen mir die Tränen vor Glück.

Hier gab es vertraute Gerüche, ein gemütliches Wohnzimmer mit unserem Klavier und Kissenbergen in der Ecke, mit Bildern an den Wänden und einem unaufgeräumten Schreibtisch.

Und dann waren da noch meine Lieblinge, die Papageien. Kiki rief: *„Na du?"* und schüttelte sein Gefieder. Jetzt war die Welt erst einmal wieder in Ordnung.

Auch für Mirko, - und das nicht nur, weil er sich nun nicht mehr um die Papageien kümmern musste. Er umarmte mich zärtlich, - in diesem Moment fühlten wir uns so nah, wie lange nicht.

Es war traumhaftes Wetter, der Herbst zeigte sich von seiner schönsten Seite. Ich liebte diese Jahreszeit mit ihren zarten Pastelltönen, dem besonderen Licht.

Die beiden Ahornbäume vor dem Haus verloren ihre Blätter und ich fegte sie zu einem Berg zusammen, lud sie in eine Schubkarre und brachte sie zum Waldrand. Ich war froh, mich endlich wieder einmal nützlich machen zu können.

Aus dem Haus drangen vergnügte Pfiffe der Papageien. Es schien ihnen gut zu gehen. Ich hatte sie der Reihe nach mit Wasser besprüht und ihnen frische Äste und mehrere Fichtenzapfen zum Benagen gebracht.

Am Abend gab es bei uns eine Gemüsepfanne mit Bratkartoffeln und geschmolzenem Goudakäse. Mit extra Fleischzulage für Mirko und mehreren Knoblauchzehen für mich – so wie es seit Jahren üblich war bei uns.

Zu dem Vogelpark nach Holland fuhr ich nun vorerst nicht mehr. Allerdings war ich fest entschlossen, mich um meine Schützlinge zu kümmern und für spätere Zeiten vorzusorgen.

Ich hatte noch so einiges vor...

Inhalt